U0102807

他们笔下的她们

徐志摩　王开岭　林海音等——著

四川文艺出版社

目录 Contents

辑一
在女性和世界之间

辑二
妇女问题与东方文明

目录 Contents

辑三
女性气质

辑四
今后妇女的出路

01

他们笔下的她们。

辑一

在女性和世界之间

婆婆的晨妆——缠足和篦发

林海音

五十多年前，我初结婚时，婆母常跟儿媳妇们谈起她做儿媳妇时代的生活，曾很感慨地说："那时候儿媳妇不好做呀！要起五更梳头，早起三光，迟起慌张嘛！"她又告诉我们，所谓三光是头、脸、脚。早起早梳洗，迟起误了到婆婆屋去请安的时辰，是有失礼貌的。

那时梳头、缠足是费时的化妆。婆婆是缠足，我们知道她每天临睡前洗脚、缠足，总要弄到半夜才入睡。先是仆妇给她准备了几壶开水，她把开水灌入一个高脚的木盆里，慢慢烫洗。我们可以想象散开裹了一天缠脚布的脚，是多么紧疼！如今可得好好泡泡，松快松快了。洗好擦干之后，还得在足缝里撒上“把干”的滑石粉之类，这才穿上睡鞋、睡袜上床。

我的母亲也是缠足，但是四五岁缠足，到了十岁样子就放足了。母亲放了足，但是脚底的骨头已经折断，她有时表演给我们看，用手握住脚背凹弯下去，中间竟是折叠的。

中国妇女缠足在唐以前是没有的，据说是起于南唐李后主：“后主宫嫔窅娘，纤丽善舞，乃命作金莲，高六尺，饰以珍宝，绀带缨络，行舞莲中，回旋有凌云之态，由是人多效之。此缠足所自始也。”（摘自《闲情偶寄》中附录余怀之作）唐以前的诗人墨客所写作品中形容妇女的足美，如李太白诗云：“一双金莲屐，两足白如霜。”韩致光诗云：“六寸肤圆光致致。”杜牧之诗云:“钿尺裁量减四分。”《汉杂事秘辛》云:“足长八寸，胫跗丰妍。”都指的是没缠过的天足。

好在这一千多年前的缠足之俗，到二十世纪的现在，已经全都消灭。生在现代，我们真是幸福的。

再谈婆婆的另一晨妆——梳头。这也是很重要的，三光之一嘛！

婆婆早晨起来，洗过脸后，就会拿出她的梳头匣子，肩头上披一块布，把头髻拆散，让头发披散下来，梳头、抿油、绾髻、别金簪，完成梳头的化妆程序。然后再在脸部擦面霜、白粉，这时三光完成了，只等我们到堂屋向她“请安”，其实就是带孩子去叫“奶奶”,奶奶会把早预备好的糖果拿出来，说一声“乖”塞在孙儿们的手里，我也会叫一声：“娘！我上班去了。”(我也是三光:烫发卷儿、胭脂粉儿、高跟鞋儿。)把孩子撂在堂屋，等仆妇收拾完屋子下来带走。这时三光已毕的奶奶早坐在堂屋里的太师椅上抽水烟袋了。

所谓堂屋，是一家之主婆婆的起居室（living room），也是我们这几十口人大家庭的生活中心。婆母从早便坐镇堂屋,不论是出去的、回来的、办公的、上学的,丈夫、姨太太……出出入入，各房头要商量什么事，或是晚上闲聊，都在这里，她都看得见。我们结婚初期，尚未分炊，所以饭厅也在这里，吃大锅饭的时候，饭桌上就是交换消息的地方。说实话，我很怀念这婚后前几年的生活。

我不是说婆婆已经梳洗三光完毕了吗？但是她下午有时会在堂屋里，或天气好在宽大的前廊下，坐在藤椅上，又披散了头发，把它们由脑后拢到右前边来，用篦子篦头发。篦发也是梳发的一种，但用具不同，篦子和梳子是两种梳具，可以这么说：疏者叫梳，密者叫篦。就叫它们是梳子的姊儿俩吧！篦子的形状、质料和梳子都有不同。梳子的质料，有木的、竹的、玉的、角的、金的、银的、珐琅的、铜的等，但是篦子的质料却只有竹的，因为它们的作用不同。梳子除了梳头以外，还可以当头上的装饰品，就是现代中外妇女的发饰，也还有用梳子的，而篦子只有一项用途——篦头发，是专为了去发垢，如头上发间的头皮、油垢、尘灰等。

你也许会说，头发脏了就洗嘛！但是要知道，旧时妇女是不太洗头发的，怕洗多了受凉得头风呀！所以旧时连婴儿小孩都不洗头而只篦头发的。

我看婆婆用篦子从头顶一绺一绺地篦下来，动作很有韵律的呢！

那篦子也不是直接用，要把撕薄了的棉花塞在篦子上一排，等篦好了头发，再把棉花剔下来，污垢随着棉花下来扔掉，一点儿都不会留在篦子上，篦子仍是干净的，我婆婆虽已经发白又秃，还是这么篦头而不洗头，正如我读到杜甫某诗中“耳聋须画字，发短不胜篦”的情形一样。

我还见到一种小篦子，只有平常的一半大，原来那是给男人篦胡子用的。把它和耳挖子、打火机、修指刀、牙签、小放大镜、眼镜盒、烟袋、烟、手帕、小镜子、钱袋等男人身边用品都挂在腰间带子上，很有趣。

《水浒传》里曾读到有“篦头铺”一词，就是现在的理发店呢！

我在李笠翁的《闲情偶寄》中《修容篇》的“盥栉”一

章中读到一小段他对用篦子的看法，颇有见解。他是这么说的："善栉不如善篦，篦者，栉之兄也。发内无尘，始得丝丝现相，不则一片如毡，求其界限而不得，是帽也，非髻也；是退光黑漆之器，非乌云蟠绕之头也。故善蓄姬妾者，当以百钱买梳，千钱购篦。篦精则发精，稍俭其值，则发损头痛，篦不数下而止矣。篦之极净，使便用梳，而梳之为物，则越旧越精，人惟求旧，物惟求新，古语虽然，非为论梳而设，求其旧而不得，则富者用牙，贫者用角。新木之梳，即搜根剔齿者，非油浸十日，不可用也。"

这样看来，我们老祖母头上的三千烦恼丝，可也不简单哪！

为什么不让她们活下去

王开岭

革命肉体的洁癖

电影中，不止一次看过这样的情景：美丽的女战士不幸被俘，虽拼死反抗，仍遭敌人侮辱……接下来，无论她怎样英勇、如何坚定，多么渴望自由和继续战斗，都不能甩开一个结局：殉身。比如敌群中拉响手雷，比如跳下悬崖或滚滚怒江……

小时候，面对这样的情节，在山摇地撼、火光裂空的瞬间，在悲愤与雄阔的配乐声中，我感到的是壮美，是激越，是紧挨着悲痛的力量，是对女战士的由衷怀念和对法西斯的咬牙切齿。

成年后，当类似的新版画面继续冲来时，心理却渐渐起变。除了对千篇一律的命运生厌外，我更觉出了一丝痛苦，一缕压抑和疑问……那象征“永生”的轰鸣似乎炸在了我胸中央，我感到了一股毁灭之疼，死亡的惊恐。

为何不设置一种让其逃脱魔窟、重新归队的结局？为何不让那些美丽的躯体重返生活和时间？难道必须去死？她们就没有活下去的理由和愿望？难道她们的“过失”必须以死相抵吗？

这是一种什么样的创作心态？

终于，我懂了：是完美主义的要求。是革命洁癖的要求。

不错，她有“过失”，她唯一的过失就是让敌人得了手。在革命者眼里，这是永远的痛惜，永远挥不去、擦不掉的内伤。在这样的大损失面前，任何解释都不顶事，对女人来说，最大的生命污点莫过于失身——无论何种情势下。而革命荣誉，似乎更强调这点，不仅精神纯洁，更要肉体清白，一个女战士的躯体只能献给自己的同志，决不能被敌染指。试想，假如她真的有机会归队，那会是怎样一种尴尬？怎样一种不和谐？同志们怎么与之相认？革命完美主义的面子怎受得了？

唯一出路只一个，即所有编剧都想到的那种办法。在一声訇响中，所有耻辱都化作了一缕猩红的硝烟，所有人都如释重负，长舒一口气。硝烟散尽，只剩下蓝天白云的纯净，只剩下美好的往事，只剩下复仇的决心和升级了的战斗力……

这是所有人都不愿看到的。却是所有人都暗暗希望的。

她升华了，干净了，永生了。她再也不为难同志们了，再也不令自己人尴尬了。她成全了所有的观众。

这算不算一种赐死？

我不得不佩服编剧的才华和苦心。他们都那么聪明，那么为革命荣誉着想，以死雪耻，自行了断，既维护了革命的贞节牌坊，又不让活着的人背上心灵包袱，谁都不欠谁的……说到底，这是编剧在揣摩革命逻辑和原则行事，尽管正是他，暗中一次次驳回了她继续活下去的请求，但他代表的却是自己的阵营，是整个集团的形象工程。他是称职的。

失身意味着毁灭，这层因果，不仅革命故事中存在，好莱坞电影里也有。

《魂断蓝桥》我喜欢，但不愿多看，因为压抑，因为“劳拉”的死。我更期待一个活下来的妓女，一个有勇气活下来的妓女，一个被我们“允许”活下来的妓女……若此，我会深深感激那位编剧。

让一个曾经“失足”的人有颜面地活着，难道给艺术丢脸？

是什么让艺术变得这样苛刻和脆弱？这样吝啬和不宽容？

其实是一种隐蔽的男权，一种近乎巫术的大众心理学，一种“法老”式的对女性伦理和生命角色的认定（即使在以“解放妇女”为旗帜之一的革命运动中也不例外）。为此，我认定那个暗示“劳拉”去死的编剧乃一俗物，我喜欢它也仅仅因为前半部，因为费雯丽那泪光汹涌的眸子。

看过两部热播的公安题材电视剧：《一场风花雪月的事》和《永不瞑目》，作者海岩。不知为何，当剧情刚展开至一半，比如那位女警察欲罢不能爱上了香港黑社会老大的弟弟，比如那位卧底的大学生被迫与毒贩女儿有了肌肤之亲，我脑子里忽闪过一丝不祥之兆，似乎已预感到她（他）必须死了……不仅因为她（他）犯了规，违反了职业纪律，关键在于其身子出现了“不洁”——这是为革命伦理难以谅解的“罪”啊。开始我还盼着自己错了，希望我的经验过时了……但很遗憾，那经验仍很“先进”。

或许作者就是那样的道德家吧，有着难以启齿的洁癖。也或许是自我审查所为，不这么写，即无法从革命伦理的标尺下通过。

贞操、完美、亵渎、玷污、耻辱、谢罪、洗刷、清白……

世人竟臆造了那么多凌驾于生命之上——乃至可随意取

代它的东西——甚至铸造出了命运的公式！

这让我想起了自然界的一种哺乳现象：据说一些敏感的动物，倘若幼崽染上了陌生的气味，比如与人或其他动物接触过，其生母往往会将之咬死。原因很简单：它被染指过了，它不再“纯洁”。

对女性身体的“领土”想象

印度女学者布塔利亚·乌瓦什在《沉默的另一面》中，记述了 1947 年，随着印度和巴基斯坦宣布分治和独立建国，在被拦腰截断的旁遮普省发生的一场大规模流亡和冲突：以宗教隶属为界，印度教、锡克教人逃向印度，伊斯兰教人涌向巴基斯坦。短短数月内，1200 万人逃难，100 万人死亡，10 万妇女遭掳掠。作者以大量实录记述了这场人类灾难，尤以女性遭遇最为惨烈：为防止妻女被玷污，大批妇女被男性亲属亲手杀死，或自行殉身。

被采访者中有位叫辛格的老人，当年他和兄弟把家族中的 17 名女人和儿童全部杀死。他说：“有什么可害怕的呢？可怕的是蒙受耻辱。如果她们被抓去，我们的荣誉，她们的荣誉就都完了……如果你觉得自豪，就不会害怕了。”屠杀的方法有服毒、焚烧、刀砍、绳勒等。在锡克族的一个村子，90 名女人集体投井，仅 3 人幸存。一位叫考尔的幸存者回忆：

"我们大家都跳进了井里，我也跳了进去，带着我的孩子……井太满，我们没法淹死。"读到这，我惊出一身冷汗，世上竟有一种叫"谋杀"的爱？死，反倒成了一种救赎、一种恩惠？

据说，那口井太惨烈太著名，连印度总理尼赫鲁都曾去探视。

对于那些亲手杀戮亲人的男子来说，即使事情过去了半个多世纪，他们也不为当年的事有一丝愧疚，反倍感自豪，对妻子姐妹毅然领死而充满赞美之情。

几十年后，许多被掳的妇女大难不死返回故里，迎接她们的第一句话竟是："为什么回来？你死了会更好点儿。"

作者分析说："不论印度教还是锡克教，都把女性的母亲角色和生殖功能联系于民族国家大业的开展，联系于传统的维护。女人身体成为民族神圣不可侵犯的领土、男人集体的财产、反殖民抗争的工具。"

其实，女体成为男性决斗的战场，成为民族拱卫的领土，这种情况在人类历史上已成普遍事实。只不过愈是宗教形态强硬的地区，愈发变本加厉而已，为浇固教旨的尊严和民族性的纯粹，往往竞相在对妇女的约束上下功夫，对女性形象和操守的约定与禁忌，总远大于对男人的要求。比如在阿富汗塔利班的统治下，女性被剥夺了受教育和参与公共活动的所有权利，身体终日被裹在水泄不通的长袍里，只许露一双眼睛——这种对女体的超强重视，这种监狱般的严密“保护”与封锁，其实昭示了一种对宗教母本的捍守决心，一种对外来文化窥视的严格防范，一种充满敌意的警告与断然呵斥。

你甚至很难说清楚，这究竟算一种护爱，还是一种刻意的虐待?

由于女性天然的生理构造、原始的生殖色彩、性行为中的被压迫性和受侵略性，使女体艰难地担负起宗族的繁衍、荣辱、盈亏、尊严、纯洁、忠诚等符号学意义，女体成了一种特殊的文化隐喻，人们在她身上灌注了超重的价值想象和历史记忆：政治的、伦理的、民俗的、宗族的，甚至经济学的……于是就产生了一种奇怪现象：古老的民俗特点似乎总能在妇女身上得以顽强的保留和延伸。乃至在现代社会学和旅游业中，妇女无形中竟成了最大的文化看点之一。

于女人而言，这些超常重视带来的往往是“不堪承受之重”，平常日子里，意味着身心禁锢，而特殊时期则意味着灾难。尤其当宗教火拼和异族战事发生，女性身体更首当其冲，沦为双方的战场和争夺的战利品——因为自己的重视，也势必会引起对方的重视。“当两阵敌对冲突时，争相糟蹋和强奸对方的女人，成为征服、凌辱对方（男人）社群的主要象征和关于社群的想象。”（布塔利亚）这在近年的波黑战争和科索沃动乱中都表现得极充分。

所以，战乱中的女人最不幸。文明与历史的牺牲，很大程度上沉淀为女性的牺牲。动乱最大的代价、最凶猛、最决绝和阴暗的部分，往往以落实到女性身上为终结。胜利往往只是男人的胜利，而不会给女人带来多大轻松。日本侵略战争过去了那么多年，但“慰安妇”问题直到今天，仍是笼罩受害国的一块浓得化不开的阴霾：毁损的国土、被掠的资源、阵亡的生命，皆可不要赔偿，但被侮辱的女性身体，却需讨一个说法……或许在我们眼里，战争最大的毁坏，即对女性身体的占领，最难愈合的创伤，即女性体内的隐痛。

这种对女体过度的利益想象和价值负荷，即使在理性发达的西欧，也很难例外。二战后，在法国或意大利，人们竟自发组织起来，对那些与纳粹军人或德国侨民通婚的女子施以惩罚，将之剃光头，令其抱着“孽子”上街游行，随意羞辱甚至杀戮……即使对德军俘虏，也没这般态度。可假如“占领”异国女子的事发生在男人身上，非但不受谴责，反被捧为英雄……为什么？难道是女性在生理构造上的隐秘性和凹陷性，较之男性肉体，更易使人产生“不洁”的联想？

不管怎样，我对所谓“女性解放”时代的到来并不乐观。只要对男女肉体的审视态度上仍存在双重标准，只要不能平等地看待男女“失身”，只要继续对女性肉体附加超常的非生理意义和“领土”属性——“洁癖”就会继续充当女性最大的杀手。

女人，喜欢你的作品吗

王开岭

卢梭在描述其情人华伦夫人时说："我完全成了她的作品，完全成了她的孩子。"

大凡相爱男女，其生命和灵魂无不彼此吸吮、互为注脚，结合得像一个人。尤其女性，在男人的精神成长和价值发育方面，已实际扮演着"乳娘"的角色。某种意义上说，男人无不是他所深爱女人之"作品"，其性情、品格、信念、审美，极大地受着母体的濡染和暗示。像乔治·桑之于肖邦，巴莱特之于白朗宁，莎乐美之于里尔克，波伏娃之于萨特，阿伦特之于海德格尔，卓文君之于司马相如，唐婉之于陆游，李香君之于侯方域，林徽因之于徐志摩……

在文学、音乐、哲学、美术等方面，欧洲史上皆诞生过一些著名的黄金时代和经典岁月。人们往往只记住了大师的作品和盛名，殊不知，他们本人亦往往是那些幕后女子“精心构思”的结果。

在世俗流言里，“莎乐美”这个名字像一抹妖娆的流苏——缀饰在一大排优秀男士的相框下：尼采眼中的女神、里尔克的情人、弗洛伊德的密友……而事实上，莎乐美最大的魅力即她的独立和智慧，在于她的精神性感，无论“情”抑或“智”，莎乐美都堪称这些大师最重要的生命邻居和灵魂伴侣。德国作家萨尔勃曾形容：“男人们在与这位女性交往中受孕，与她邂逅几个月，就能为这个世界产下一个精神的新生儿。”她接受了尼采的倾慕，却拒绝了对方的求婚，俩人碰撞的结果是：哲学家写出了《查拉图斯特拉如是说》，她则完成了《弗里德里希·尼采及其著作》。里尔克遇见莎乐美时还只是个纤弱的青年，诗人不仅从她那获得了丰腴的爱情滋养，更让自己的额头和诗句迸溅出最瑰丽的光芒。而弗洛伊德，则和莎乐美保持了长达 20 年的智慧通信……另外，作为优雅女人和自由思考者的莎乐美，还与瓦格纳、列夫·托尔斯泰、霍普特曼、斯特林堡等人结下深厚的心灵友谊，用一位传记作者的话说，他们是“思想的挑战与应战的关系，理解与被理解的关系……也是彼此吸引与征服的关系”。可以想象，假如那半个多世纪的欧洲舞台上撤掉了莎乐美这个角色，其剧情该是多么枯燥而乏味啊！

我们常可看到，正由于一位杰出女性的灵魂哺乳，才滋养出一个优秀男人的精神世界。可以说，没有少女贝亚德，就没有但丁和《神曲》；没有克拉拉，就没有勃拉姆斯和《四首严肃的歌》；没有伊文斯卡娅，就没有帕斯捷尔纳克和《日瓦戈医生》；没有茅特·冈，就没有叶芝和《丽达与天鹅》；没有朱丽·查理，就没有诗人拉马丁和《孤独》……一旦足够数量的美丽女性叠合出一种让人瞩目的群体价值——并担负起将该价值提携为时尚的义务，那距一个优秀时代的诞生即不远了。

无形中，女人已扮演着社会最大教育者之角色。女人的品质，犹如风向标，往往折射出一个时代的品质，暗示着整个社会的精神形貌。在欧洲骑士文学和浪漫主义作品里，哪个少得了风姿优雅、气质高贵的夫人形象？正是他们不惜成本追逐爱欲的激情、痴迷艺术的狂热、少女般的纯真与无辜、近乎任性的自由不羁，给自己的时代注入了唯美烂漫的气息和飞蛾扑火的胴影。正是她们对理想爱情的溺想和诉求、对“王子”“侠士”火辣辣的翘盼，塑造了自己时代的男人，并通过男人塑造了时代。

说实话，我倒真奢望那些经典时代的红粉特质能成为今天的一种模特时尚，成为当代女性的形象大使，成为一种趋之若鹜、竞相模仿的“标准像”，哪怕附庸风雅——总比附庸粗俗好吧。

生活中，女人往往以她的行为美学和价值标准——潜移默化地塑造身边的男人，尤其倾慕她、追求她的男人。女人的纯真、善良、才华、美德，必将提升其爱人（哪怕暗恋者）的素质和品格；相反，女人的虚荣、势利、浅薄、狭私，亦必滋生和加剧其身边男人的劣性。因为爱一个人，即意味着他已接受对方的价值观、并渴望来自对方的器重与欣赏，自然会有意无意地遵循对方的尺度，以对方的标准塑造和训练自己。有人言：好女人犹如一所学校。其实，坏女人也是一学校，不过培养出的乃劣等生罢了。

有时候，纤细比粗壮更有力，阴柔比彪悍更强大。即使在完全男权的社会里，粉黛的能量也是显赫的。若逢对方身居高位，女人甚至可直接参与历史的书写，从褒姒、西施、吕雉到王昭君、武则天和孝庄皇后，莫不如此。

任何一个时代的女性主流形象和审美文化，必将对其时代的精神面貌和价值取向起到“教师”和“保姆”作用。女人智慧，则时代智慧；女人雅致，则时代雅致。相反，若女人颓废，时代也就颓废了。

西谚说：看他与何人交友，便知其为人。推之，若把女性对男人的影响视为一种“创作”的话，那么阅读“作品”即可窥“作者”之素养。所以说，只需审视一下当今男性世界的普遍生态，即足以对当今女性的整体下判断了。遗憾的是，女性们往往只顾指责男人的堕落，却全然忘了对方正是自己的作品之事实。

在我眼里，如果说当下女性在生命特征上有何缺憾的话，那就是：一种曾感动过许多时代、赢得过无数艺术赞扬的“经典之美”的消逝——那种用“优雅、从容、纯真、精致、洁净”等形容词合成的美；那种靠天然和学习得来的美；那种与美德共生的美；那种源于灵魂肌肤和精神肢体的美……这样的生命类型，在当代，确属罕见了。

凭借优裕的生存，如今姣好的容颜比任何时代都要多，但这只是生理的鲜艳和器官的标致而已。大多的现代女子，把颜色当气质，将傲慢当高贵，拿肤浅当纯真……招致的多是狂蜂浪蝶之追逐，失去的乃心灵的尊重和敬慕。所谓的温情脉脉，一旦没了精神含量，也只是酥骨的挑逗而已。

过分突出生理而忽略精神，过分夸饰表征而忽视内里，此乃镀金与真金的差别。

真正能进入审美视野、让男性动容、让艺术惊叹的精神肌肤，少之又少，更毋宁说“天使”或“女神”了。我们似乎再也贡献不出一个班婕妤、一个蔡文姬、一个薛涛、一个莎乐美、一个邓肯、一个波伏娃、一个梅克夫人……甚至鱼玄机、李香君、柳如是这样的风尘清荷。如果那些“格格”“宝贝”“超女”们，真能代表当代女性“最高成就”的话，那真是时代的大悲哀，男人之大不幸。

毋庸讳言，当代女性文化正走向颓败。这种颓败与女性主体的放逐、精神含量短缺、生存理想粗陋，与女性欲望和女性自身价值的“物化”有关——

表面上看，当代女性已被推至社会消费的中心位置上，市场和物质的繁荣，很大程度上是为女人设计和准备的。这一点，只需瞥一眼商场情形即可证实，有几个男人独自溜达？哪个不是被太太、女友、情人拉来结账的？（那么，男人的消费重点又投向了哪里呢？如果不撒谎的话，须承认：除了女人，这个时代似乎没有为男性提供更多的消费客体。看看男人们的消遣之地，哪儿不是群芳争妍、花枝乱颤？似乎没有女人在场，男人的消费欲望和激情即荡然无存。）

可当代女性消费又几乎都是物质型、感官型的：内衣、香水、时装、减肥护肤、瘦身丰乳……“女为悦己者容”，可取悦的方式和内容又是什么呢？她们为自己争取到的价值展示空间委实小得可怜：也就T台和卧室那么大。

可悲的是，除却女性自身消费形态的物化外，男人对女性的消费也呈一种“物化”走势。表面上女性被重视、受呵护，可细打量则不对劲儿，因为被重视的“地点”不对——只剩下肉体部位，却没有精神部位。如果说，传统的性消费基本上还算“身心并赴”“全方位”的话，那如今就只剩下“身”而没有“心”了（身代表的只是物性）。男性世界对女性的设计和要求，已简陋到了一种挑肥拣瘦、“论斤称两”（身高、体重、三围）的蔬菜档次、畜牧业水平。

在男性不断膨胀的生理欲望和感官趣味下，女性的主体尊严和精神价值已萎缩到了令人吃惊的地步。奇怪的是，在这份由男性起草的不合格的消费意向书上，多数女性是签了字的，甚至是高高兴兴签的。非但不抗议，反而为能否让男人满意或更满意而忧心忡忡，事情到这一步，就有点儿可怕了。

你很难说清楚，究竟时代的物化导致了人的物化还是相反？究竟男人的堕落引发了女性堕落还是因果颠倒？或许只是个“鸡生蛋蛋生鸡”的无聊话题？

但有一点显然：在男人这件让人头疼的“作品”上，很多女性没有兑现做一名好“雕塑师”的承诺。在对男性精神的影响和价值校正上，“学校”没有尽到天然职责。

由厨房说到妇女解放

梁实秋

美国的厨房全套设备实在是很可爱。电炉、烤箱、冰箱、通风设备、洗盘碗机、冷热水管，附带消除垃圾器的水槽，以及上上下下的储藏食品用具的大大小小的柜橱，都紧凑地排列成为一个马蹄形，置身其间左右逢源。这样的一个厨房，干净、便利，是专为美国一般的家庭主妇而设计的。我在商店橱窗里看到许多极为精美的全套厨房设备，色、形、款式都十分考究，像是高级的客厅家具一般。

美国普通家庭用不起仆役、厨师之类，一日三餐都是主妇的职责。买菜、做饭、洗涤全是女人的事。生孩子，教养孩子，照顾孩子，缝缝连连，擦擦抹抹，大堆大堆的衣服要洗，偶然还有一些不能避免的社会活动，一个女人纵然是三头六臂，也要忙得团团转。而每日三餐则一年三百六十五天永远没有休止。再有耐心也吃不消。所以在美国，尽管厨房设备尽善尽美，食品出售时已处理得整整齐齐，肉类食类早已切好剁好，各色羹汤都已装进了罐头，发酵的面包已经一团团的备好待用，主妇依然觉得厨房里的生活麻烦、腻烦、厌烦！如果大人、孩子坐在餐台上一下子狞眉皱眼，一下子把眉毛耸得高高的，没有一点欣赏的表情，主妇心里当然更不是滋味。

我到美国来，美国的妇女解放运动正在甚嚣尘上。美国妇女早已有选举权，有被选举权，社会上也有许多职位由妇女充任，但是美国妇女尚不满足。高级职位很少有妇女侧身其间，同工亦不能与男性同酬，升发的机会亦不均等。最重要的是家庭职务完全由女性负担，使女性很少有发展事业的可能。所以美国妇女运动者发出解放的要求——要求从厨房中解放出来，要求男女双方共同分担家庭职务。这问题之所以发生，是因为男女所受教育大致相同，女性受过专门教育之后而只能生儿育女、主持中馈，不免觉得委屈。家事并不低贱，但事实上家事是烦琐乏趣的。男主外、女主内的想法现在受到了挑战。

这个问题在我们中国一时尚不成为严重的问题。我们的妇女运动好像是尚停留在高喊“走出厨房”的阶段，还没有达到要求男女分担家务的阶段。在四年前我写过一篇短文《到厨房去》，登在《中国妇女》第四四二期（一九六一年六月十四日刊），现在转载在这里：

到厨房去

“闻其声不忍食其肉。”这句话不失为蔼然仁者之言，顺理成章的应该接下去说：“蔬食菜羹，不妨清致，何须广杀生命，穷极肥甘？”纵然不能立刻断绝腥膻，亦不妨市买成品不加亲杀，以期积养慈心，渐入佳境。若说“君子远庖厨”，由现代人来看，就好像不是解决之道了。君子，乃“女子与小人”之对称。在人格平等的民主精神之下，孰为君子？长安居，不大易，恐怕蜗庐之中根本就没有远的地方可以安置庖厨。

刀砧之事，不分男女。“调和五味，负鼎俎而行”的伊尹，以知味见称的易牙，都是男子。如今的酒楼、饭馆，掌勺的也全是男人，站在旺火灶前掂那两下子炒勺，就很需要相当的膂力，不过在家庭里——除非是钟鸣鼎食之家有成群的厨丁厨娘——炊事则通常落在女人身上。并不是女人天生地懂得调和鼎鼐的道理，也不是女人天生地应该穿上围裙刷锅洗碗，是事实上需要有一个人走进厨房去把生米煮成熟饭，而当家的男人出去劳心劳力奔走衣食之际，所余时间不多，女人只好当仁不让地负起烹饪的责任。我们不需喊“到厨房去！”的口号，妇女们在厨房里所受的折磨早已就太多了。我们的厨房里，燃料有问题，满屋子烟烟煴煴；用水有问题，时常是涓涓而滴，有时更挟泥沙、小虫以俱下；蚂蚁、蟑螂、老鼠以及其他大小生物，都喜欢在这里出出入入。多少女人们，自从“三日入厨下，洗手作羹汤”起，大半生就消磨在这样的厨房里。

有些男人颇知道保持我们的固有传统，他念念不忘易经上所说“妇主中馈”的道理，他自己等着饭来张口，视厨房为男人禁地。这样的男性尊严还能保持多久，我不敢说。女子教育发达之后，女子和男子同样的有谋生糊口的技能，当然她也可以走出厨房，去做比较更开心或更有益的工作。不过有一桩事不可忽略，男人嘴馋的居多，如果厨房里没有人做提调，任凭厨娘打发，一日三餐很可能无下箸处。西语有云：“通往男人心的最近捷径是经过他的胃。”此言有至理。我还没有看见过一个男人于享用一顿丰美膳食之后而不眉开眼笑的。要顺利地打进他的胃，必须先要跨进厨房的门。所以，有学问、有本领、有职业的妇女，如果有时间，如果有兴趣，不妨到厨房去指点指点，是可以得到很大收获的。当然，男人到厨房去殷勤一番，也应受欢迎，他纵然笨手笨脚，掐豆芽、剥蒜皮，他总是优为之的。饭后帮着洗碗，更是顺天理、合人情的安排。

不要以为厨房必然是一个肮脏恶臭的地方。《易·杂卦》说："烹饪成新。"那是个化腐朽为神奇的所在。由上街买菜，而洗濯，而宰割，而配备佐料，而发火起油，而翻炒，而响勺，这一连串的行动是一大成就。而食物的选配，其中有若干蛋白质、若干脂肪、若干碳水化合物，合起来有多少热量，好像是一篇含有君臣佐使的方子一般，也是一大学问。人家说治大国如烹小鲜，我要说烹小鲜如治大国，谓余不信，请到厨内亲自一试便知。操动刀俎之际，乐趣自在其中。白居易偶吟有句："厨香炊黍调和酒，窗暖安弦拂拭琴"，厨中有香，炊黍、调酒正似安弦、拂琴一般的风雅。

既然要到厨房去，就要把厨房弄得整洁。我们的旧式家庭，厨房常是见不得人的，油渍烟熏，灶马横行，炉坑里可以泼泔水，桌底下可以堆白菜。就是近年来有些人家，也常常是把厨房视为边远地区，一切落后。正房布置得一干二净，厨房里独无纱窗，于是蚊蚋、蚍蜉、青蝇、白蚁与人并处于其间，而恬不为怪。我们古代似乎也有讲究饮食一道的人，例如《世说补》就有这样的一段记载：

韦陟厨中饮食，香味错杂，人入其中，多饱饫而归，时人为之语曰：“人欲不饭筋骨舒，夤缘须入郇公厨。”

袭封公爵的人才能有这样的排场，庶人是无福消受的。埃及废王法鲁克游美，对于西方物质文明无所眷顾，独独看中美国式的厨房，购办全套厨房装备而去，荒淫的昏君不足道，惟此一端却不无见识。

凡是值得做的事，就值得把它做好。到厨房里去，就要研究厨房里所应有的一套学问。从前我曾耻笑美国大学里教烹饪的人也称教授，我现在不这样想。从前我曾以为中国的烹饪是天下第一，我现在也不这样想。在厨房里，不妨试行“中学为体，西学为用”的办法。

我现在的看法大致没有改变，只有一点补充：男女分担家务在原则上不是不可行的，不过各个家庭情形不同，各人的个性亦异，最好是分别协商解决。我知道有一对夫妇，先生几乎整天系着围裙在厨房里打转，夫人则夹着皮包按时上班下班，和谐融洽，我看不出有什么不好。在美国的家庭里，男人事实上已分担不少家务，油漆房屋、修剪草地、帮忙洗盘洗碗、修理汽车、修理铅管、修理电器，都不能不引为己任。只是走进厨房的男人还比较少些罢了。

娜拉走后怎样

鲁迅

我今天要讲的是“娜拉走后怎样？”

伊孛生是十九世纪后半的瑙威的一个文人。他的著作，除了几十首诗之外，其余都是剧本。这些剧本里面，有一时期是大抵含有社会问题的，世间也称作“社会剧”，其中有一篇就是《娜拉》。

《娜拉》一名 *Ein Puppenheim*，中国译作《傀儡家庭》。但 Puppe 不单是牵线的傀儡，孩子抱着玩的人形也是；引申开去，别人怎么指挥，他便怎么做的人也是。娜拉当初是满足地生活在所谓幸福的家庭里的，但是她竟觉悟了：自己是丈夫的傀儡，孩子们又是她的傀儡。她于是走了，只听得关门声，接着就是闭幕。这想来大家都知道，不必细说了。

娜拉要怎样才不走呢？或者说伊孛生自己有解答，就是 *Die Frau vom Meer*，《海的女人》，中国有人译作《海上夫人》的。这女人是已经结婚的了，然而先前有一个爱人在海的彼岸，一日突然寻来，叫她一同去。她便告知她的丈夫，要和那外来人会面。临末，她的丈夫说，“现在放你完全自由。（走与不走）你能够自己选择，并且还要自己负责任。”于是什么事全都改变，她就不走了。这样看来，娜拉倘也得到这样的自由，或者也便可以安住。

但娜拉毕竟是走了的。走了以后怎样？伊孛生并无解答；而且他已经死了。即使不死，他也不负解答的责任。因为伊孛生是在做诗，不是为社会提出问题来而且代为解答。就如黄莺一样，因为他自己要歌唱，所以他歌唱，不是要唱给人们听得有趣，有益。伊孛生是很不通世故的，相传在许多妇女们一同招待他的筵宴上，代表者起来致谢他作了《傀儡家庭》，将女性的自觉，解放这些事，给人心以新的启示的时候，他却答道，“我写那篇却并不是这意思，我不过是做诗。”

娜拉走后怎样？——别人可是也发表过意见的。一个英国人曾作一篇戏剧，说一个新式的女子走出家庭，再也没有路走，终于堕落，进了妓院了。还有一个中国人，——我称他什么呢？上海的文学家罢，——说他所见的《娜拉》是和现译本不同，娜拉终于回来了。这样的本子可惜没有第二人看见，除非是伊孛生自己寄给他的。但从事理上推想起来，娜拉或者也实在只有两条路：不是堕落，就是回来。因为如果是一匹小鸟，则笼子里固然不自由，而一出笼门，外面便又有鹰，有猫，以及别的什么东西之类；倘使已经关得麻痹了翅子，忘却了飞翔，也诚然是无路可以走。还有一条，就是饿死了，但饿死已经离开了生活，更无所谓问题，所以也不是什么路。

人生最苦痛的是梦醒了无路可以走。做梦的人是幸福的；倘没有看出可走的路，最要紧的是不要去惊醒他。你看，唐朝的诗人李贺，不是困顿了一世的么？而他临死的时候，却对他的母亲说，“阿妈，上帝造成了白玉楼，叫我做文章落成去了。”这岂非明明是一个诳，一个梦？然而一个小的和一个老的，一个死的和一个活的，死的高兴地死去，活的放心地活着。说诳和做梦，在这些时候便见得伟大。所以我想，假使寻不出路，我们所要的倒是梦。

但是，万不可做将来的梦。阿尔志跋绥夫曾经借了他所做的小说，质问过梦想将来的黄金世界的理想家，因为要造那世界，先唤起许多人们来受苦。他说，“你们将黄金世界预约给他们的子孙了，可是有什么给他们自己呢？”有是有的，就是将来的希望。但代价也太大了，为了这希望，要使人练敏了感觉来更深切地感到自己的苦痛，叫起灵魂来目睹他自己的腐烂的尸骸。惟有说诳和做梦，这些时候便见得伟大。所以我想，假使寻不出路，我们所要的就是梦；但不要将来的梦，只要目前的梦。

然而娜拉既然醒了，是很不容易回到梦境的，因此只得走；可是走了以后，有时却也免不掉堕落或回来。否则，就得问：她除了觉醒的心以外，还带了什么去？倘只有一条像诸君一样的紫红的绒绳的围巾，那可是无论宽到二尺或三尺，也完全是不中用。她还须更富有，提包里有准备，直白地说，就是要有钱。

梦是好的；否则，钱是要紧的。

钱这个字很难听，或者要被高尚的君子们所非笑，但我总觉得人们的议论是不但昨天和今天，即使饭前和饭后，也往往有些差别。凡承认饭需钱买，而以说钱为卑鄙者，倘能按一按他的胃，那里面怕总还有鱼肉没有消化完，须得饿他一天之后，再来听他发议论。

所以为娜拉计，钱，——高雅地说罢，就是经济，是最要紧的了。自由固不是钱所能买到的，但能够为钱而卖掉。人类有一个大缺点，就是常常要饥饿。为补救这缺点起见，为准备不做傀儡起见，在目下的社会里，经济权就见得最要紧了。第一，在家应该先获得男女平均的分配；第二，在社会应该获得男女相等的势力。可惜我不知道这权柄如何取得，单知道仍然要战斗；或者也许比要求参政权更要用剧烈的战斗。

要求经济权固然是很平凡的事，然而也许比要求高尚的参政权以及博大的女子解放之类更烦难。天下事尽有小作为比大作为更烦难的。譬如现在似的冬天，我们只有这一件棉袄，然而必须救助一个将要冻死的苦人，否则便须坐在菩提树下冥想普度一切人类的方法去。普度一切人类和救活一人，大小实在相去太远了，然而倘叫我挑选，我就立刻到菩提树下去坐着，因为免得脱下唯一的棉袄来冻杀自己。所以在家里说要参政权，是不至于大遭反对的，一说到经济的平匀分配，或不免面前就遇见敌人，这就当然要有剧烈的战斗。

战斗不算好事情，我们也不能责成人人都是战士，那么，平和的方法也就可贵了，这就是将来利用了亲权来解放自己的子女。中国的亲权是无上的，那时候，就可以将财产平匀地分配子女们，使他们平和而没有冲突地都得到相等的经济权，此后或者去读书，或者去生发，或者为自己去享用，或者为社会去做事，或者去花完，都请便，自己负责任。这虽然也是颇远的梦，可是比黄金世界的梦近得不少了。但第一需要记性。记性不佳，是有益于己而有害于子孙的。人们因为能忘却，所以自己能渐渐地脱离了受过的苦痛，也因为能忘却，所以往往照样地再犯前人的错误。被虐待的儿媳做了婆婆，仍然虐待儿媳；嫌恶学生的官吏，每是先前痛骂官吏的学生；现在压迫子女的，有时也就是十年前的家庭革命者。这也许与年龄和地位都有关系罢，但记性不佳也是一个很大的原因。救济法就是各人去买一本 note-book 来，将自己现在的思想举动都记上，作为将来年龄和地位都改变了之后的参考。假如憎恶孩子要到公园去的时候，取来一翻，看见上面有一条道，“我想到中央公园去”，那就即刻心平气和了。别的事也一样。

世间有一种无赖精神，那要义就是韧性。听说拳匪乱后，天津的青皮，就是所谓无赖者很跋扈，譬如给人搬一件行李，他就要两元，对他说这行李小，他说要两元，对他说道路近，他说要两元，对他说不要搬了，他说也仍然要两元。青皮固然是不足为法的，而那韧性却大可以佩服。要求经济权也一样，有人说这事情太陈腐了，就答道要经济权；说是太卑鄙了，就答道要经济权；说是经济制度就要改变了，用不着再操心，也仍然答道要经济权。

其实，在现在，一个娜拉的出走，或者也许不至于感到困难的，因为这人物很特别，举动也新鲜，能得到若干人们的同情，帮助着生活。生活在人们的同情之下，已经是不自由了，然而倘有一百个娜拉出走，便连同情也减少，有一千一万个出走，就得到厌恶了，断不如自己握着经济权之为可靠。

在经济方面得到自由，就不是傀儡了么？也还是傀儡。无非被人所牵的事可以减少，而自己能牵的傀儡可以增多罢了。因为在现在的社会里，不但女人常作男人的傀儡，就是男人和男人，女人和女人，也相互地作傀儡，男人也常作女人的傀儡，这决不是几个女人取得经济权所能救的。但人不能饿着静候理想世界的到来，至少也得留一点残喘，正如涸辙之鲋，急谋升斗之水一样，就要这较为切近的经济权，一面再想别的法。

如果经济制度竟改革了，那上文当然完全是废话。

然而上文，是又将娜拉当作一个普通的人物而说的，假使她很特别，自己情愿闯出去做牺牲，那就又另是一回事。我们无权去劝诱人做牺牲，也无权去阻止人做牺牲。况且世上也尽有乐于牺牲，乐于受苦的人物。欧洲有一个传说，耶稣去钉十字架时，休息在 Ahasvar 的檐下，Ahasvar 不准他，于是被了咒诅，使他永世不得休息，直到末日裁判的时候。Ahasvar 从此就歇不下，只是走，现在还在走。走是苦的，安息是乐的，他何以不安息呢？虽说背着咒诅，可是大约总该是觉得走比安息还适意，所以始终狂走的罢。

只是这牺牲的适意是属于自己的，与志士们之所谓为社会者无涉。群众，——尤其是中国的，——永远是戏剧的看客。牺牲上场，如果显得慷慨，他们就看了悲壮剧；如果显得觳觫，他们就看了滑稽剧。北京的羊肉铺前常有几个人张着嘴看剥羊，仿佛颇愉快，人的牺牲能给与他们的益处，也不过如此。而况事后走不几步，他们并这一点愉快也就忘却了。

对于这样的群众没有法，只好使他们无戏可看倒是疗救，正无需乎震骇一时的牺牲，不如深沉的韧性的战斗。

可惜中国太难改变了，即使搬动一张桌子，改装一个火炉，几乎也要血；而且即使有了血，也未必一定能搬动，能改装。不是很大的鞭子打在背上，中国自己是不肯动弹的。我想这鞭子总要来，好坏是别一问题，然而总要打到的。但是从那里来，怎么地来，我也是不能确切地知道。

我这讲演也就此完结了。

女子的羞耻

周作人

一九一八年二月九日。

在我的一本著书里我曾记载一件事，据说意大利有一个女人，当房屋失火的时候，情愿死在火里，不肯裸体跑出来，丢了她的羞耻。在我力量所及之内，我常设法想埋炸弹于这女人所住的世界下面，使他们一起地毁掉。今天我从报上见到记事，有一只运兵船在地中海中了鱼雷，虽然离岸不远却立将沉没了。一个看护妇还在甲板上。她动手脱去衣服，对旁边的人们说道，“大哥们不要见怪，我须得去救小子们的命。”她在水内游来游去，救起了好些的人，这个女人是属于我的世界的。我有时遇到同样的女性的，优美而大胆的女人，她们做过同样勇敢的事，或者更为勇敢因为更复杂地困难，我常觉得我的心在她们前面像一只香炉似的摆着，发出爱与崇拜之永久的香烟。

我梦想一个世界，在那里女人的精神是比火更强的烈焰，在那里羞耻化为勇气而仍还是羞耻，在那里女人仍异于男子与我所欲毁灭的世界并无不同，在那里女人具有自己显示之美，如古代传说所讲的那样动人，但在那里富于为人类服务而自己牺牲的热情，远超出于旧世界之上。自从我有所梦以来，我便在梦想这个世界。

厌恶女性者

梁实秋

不要以为男人都是好色之徒，也有厌恶女性者。

《周书·列传第四十》，萧统三子萧詧，曾在江陵称帝八载，据说他“少有大志，不拘小节……性不饮酒，安于俭素……尤恶见妇人，虽相去数步，遥闻其臭。经御妇人之衣，不复更著”。

一个曾临九五的人，无论在位如何短暂，疆土如何狭小，我们可以想象内宫粉黛，必极其妍。而萧詧恶见妇人，事属不经，似难索解。女人离他数步之遥，他就闻到她的臭味，更是离奇，难道他遇到的妇人个个都患狐臭？因思古时淳于髡一斗亦醉，一石亦醉，最欢畅的时候是“州闾之会，男女杂坐……前有堕珥，后有遗簪”“男女同席，履舄交错……主人留髡而送客，罗襦襟解，微闻芗泽”。芗泽就是指女人身上散发出来的一股特殊的香气。淳于髡说的大概是实话。这种香气须在相当亲近肌肤的时候才能闻到。《红楼梦》里宝玉不是就曾一再勉强地要闻黛玉的袖口么？只因袖口里有芗泽。这种香气，萧詧大概是无缘消受。不过萧詧雅好佛理，曾有“内典华严般若法华金光明义疏四十六卷”的著作行世，也许因潜心佛理而厌恶女色，亦未可知。可是事实上他生了八个儿子，死时才四十四岁，这又怎么说？

厌恶女性者，英文叫做 misogynist，在文学作品中有时也有很率直的描述。例如：十六世纪作家约翰·黎利（John Lyly）所作《优浮绮斯》（*Euphues*），其中有一封长信，是优浮绮斯在离开那不利斯返回雅典时写给他的一位朋友及一般痴情男子的。这封信号称为“戒色指南”（*The Cooling Card*）。其言曰：

> 她如果贞洁，必定拘谨；如果轻佻，必定淫荡；如是严肃的婆娘，谁肯爱她？如是放浪的泼妇，谁愿娶她？如是侍奉灶神的处女，她们是誓不嫁人的；如是追随爱

> 神的信徒，她们是势必荒淫的。如果我爱一个美貌的，势必引起嫉妒；如果我爱一个貌寝的，会要使我疯狂。如果生育频繁，则负担有增无已；如果不能生育，则我的罪孽愈发深重；如果贤淑，我会担心她早死；如果不淑，我会厌恶她长寿。

把女人说得一无是处，其结论是“避免接近女人”。优浮绮斯的私行并不谨饬，被蛇咬过一回，以后见了绳子也怕。所以他的厌恶女性的论调实是有感而发。

异性相吸，男女相悦，乃是常情。至于溺于女色者，如纣王之宠妲己、幽王之宠褒姒，以至于亡国，则罪不全在妲己与褒姒，纣王幽王须负更大之责任。只因佳人难再得，遂任其倾城倾国，昏君本人之罪责岂容推诿？赵飞燕的女弟刚接进宫，就有人在背后议论：“此祸水也，必将灭火。”汉得火德而兴，是否因此一女子而渐灭，且不去管它，“祸水”一词从此成了某些女性的代名词。西谚有云：“任何事故，追根问柢，必定有个女人。”话并不错，不过要看怎样解释。一个人在事业上有所成就，很大部分是因为家有贤妻，一个人一生中不闯大祸，也很大部分是因为家有贤妻。“女人是水做的，男人是泥做的”，是女性崇拜的说法，指女人为祸水，是厌恶女性者的口头禅。

娜拉出走问题

曹聚仁

娜拉以女英雄的姿态出现于五四时代。李超女士死得适逢其会，在易卜生主义倡导者胡适博士的笔底，俨然是反抗封建势力的战士。

现在，易卜生渐渐从一般人的记忆上消逝，《李超传》也从国语文教本中剔出；娜拉拥护者相率回到郝尔茂手里，研究一九三四式时装，立体派木器，以及跳舞姿态等等，做一个尽善尽美的傀儡。这本也难怪：《新青年》《新潮》《星期评论》阵里的战将，北面稽首向封建旧敌投降，忠心替孔家店做卫士；摩登女郎以傀儡自安，亦情理之常。

娜拉的伟大处，她发觉了自己处在傀儡地位，大彻大悟，离开家庭，要去看看“究竟是我错，还是世界错”。至于出走以后究竟怎样，当时大家似乎不甚关心。《娜拉》剧尾上所提出“奇事中的奇事”，易卜生自己已在《海上夫人》予以解答，似乎也不必大家再操心。首先关心娜拉出走以后种切的（或是因为没有路走，终于堕落，或是终于回来），自鲁迅先生始。他在北京女子师范大学讲演《娜拉走后怎样》，提出一个根本的意见，“娜拉既然醒了，是很不容易回到梦境的，因此只得走；可是走了以后，有时却也免不掉堕落或回来。否则，就得问：她除了觉醒的心以外，还带了什么去？……她还须更富有，提包里有准备，直白地说，就是要有钱。梦是好的；否则，钱是要紧的。”他还暗示：“要求经济权固然是很平凡的事，然而也许比要求高尚的参政权以及博大的女子解放之类更烦难。”这篇讲演稿，刊载于《妇女杂志》，在当时可也不曾引起深切的注意，热烈的讨论。

妇女运动的呼声和新文化运动一同消沉下去，《民国日报》的《妇女周刊》，北京《京报》的《妇女周报》先后停刊，《新女性》也不能支撑下去，《妇女杂志》重复回复到鸡蛋糕研究上去；男士们厌倦了，女士们更对于冒险英雄事业不感到兴趣了。妇女运动的成绩仅有男女同学和女子剪发二件事，还且女士必得住在什么宫，短短的头发必得烫得蓬松飞乱。

然而妇女问题的实际，并不以妇女运动之消沉而减其严重性。当国民革命北伐中，许多女同志参与革命工作。国民政府成立以后，大小机关也有女同志担任职务。民法也赋予女子以遗产继承权。这样，妇女获得经济权，仿佛进行得很顺利。时隔不久，女同志卸下武装，到深闺去享福，固不待言。各机关的女职员变成了花瓶，女子争遗产虽平时见之报载，最多的还是以诱奸未满什么年龄的罪名诉求赡养费；所谓妇女职业，除女招待舞女之类不计外，多少女店员仍依靠她们的脂粉来过高度享乐生活，无论以什么方式演出，仍是以傀儡始，以傀儡终，丝毫没有变更。

最近娜拉出走问题，突然引起热烈的讨论。自銷冰在《国闻周报》十一卷十一期提出"娜拉走后究竟怎样"的问题，连接于十三、十四、十五、十六、十八各期都有参加辩论的文章，它处也见参加讨论的正反面文章。沈译倍倍尔名著《妇人与社会》，重新有人提及有人介绍。原来"娜拉既然醒了，是很不容易回到梦境的"，怎样才脱去传统的锁链，做一个堂堂的女人（非傀儡）？毕竟有人念兹在兹的。

于十年之后，回复到十年前的旧问题，其观点难道一点没有差别吗？不，十年前的娜拉，以女英雄的姿态出现于我们面前；现在大家心目中的娜拉，已如于立沈所说："我们理想中的娜拉，应是一个普通的女子，具有一般女子所有的性情与气质，她有一般女子所有的优点，也有一般女子所有的缺点；觉悟的时机到来，她先人觉悟了，却不是由于她是奇人，正是因为她具有普通人应有的各面。”（见《娜拉脱离家庭的原因与走后怎样的问题》）因此，娜拉出走以后的种切，并不能依靠一斗或一担的同情来支持；所需要的还是鲁迅所提出的问题：“梦是好的；否则，钱是要紧的。”——究竟如何争取经济权?

闻歌有感

夏丏尊

一来忙，开出窗门亮汪汪；

二来忙，梳头洗面落厨房；

三来忙，年老公婆送茶汤；

四来忙，打扮孩儿进书房；

五来忙，丈夫出门要衣裳；

六来忙，女儿出嫁要嫁妆；

七来忙，讨个媳妇成成双；

八来忙，外孙剃头要衣装；

> 九来忙，捻了数珠进庵堂；
>
> 十来忙，一双空手见阎王。

十一岁的阿吉和六岁的阿满又在唱这俗谣了。阿满有时弄错了顺序，阿吉给伊订正。妻坐在旁边也陪着伊们唱，一壁拍着阿满，诱伊睡熟。

这俗谣是我近来在伊们口上时常听到的，每次听到，每次惆怅，特别是在那夏夜的月下，我的惆怅更甚。据说，把这俗谣输入到我家来的是前年一个老寡妇的女佣。那女佣从何处听来，不得而知了。

几年前，我读了莫泊桑的《一生》，对女主人公的一生的经过，感到不可言说的女性的世界苦。好好的一个女子，从嫁人，生子，一步一步地陷入到“死”的口里去。因了时代和国土，其内容也许有若干的不同，但总逃不出那自然替伊们预先设好了刻版的铸型一步。怪不得贾宝玉在姐妹嫁人的时候要哭了！

《一生》现在早已不读，并且连书也已散失，不在手头了，可是那女性的世界苦的印象，仍深深地潜存在我心里，每次见到将结婚或是结婚了的女子，将有儿女或是已有儿女的女子，总不觉要部分地复活，特别是每次听到这俗谣的时候，竟要全体复活起来。这俗谣竟是中国女性的“一生”！是中国女性“一生”的铸型！

我的祖母，我的母亲，已和一般女性一样都规规矩矩地忙了一生，经过了这些刻版的阶段，陷到“死”的口里去了。我的妹子，只忙了前几段，以二十七岁的年纪，从第五段一直跳过到第十段，见阎王去了！我的妻正在一段一段地向这方走着！再过几年，眼见得现在唱这歌的阿吉和阿满也要钻入这铸型去！

记得有一次，我那气概不可一世的从妹对我大发挥其毕生志愿时，我冷笑说：

“别做梦吧！你们反正是要替孩子抹尿屎的！”从妹那时对于我的愤怒，至今还记得。后来伊结婚了，再后来，伊生子了，眼见伊一步一步地踏上这阶段去！什么“经济独立”，“出洋求学”等等，在现在的伊已如春梦浮云，一过便无痕迹。我每见了伊那种憔悴的面容，及管家婆的像煞有介事的神情，几乎要忍不住下泪。可是伊却反不觉什么，原来“家”的铁笼，已把伊的野性驯伏了！

易卜生在《海得加勃勒》中，借了海得的身子，曾表示过反对这桎梏的精神。苏特曼在《故乡》中也曾借了玛格娜的一生，描写过不甘被这铁笼所牢缚的野性，且不说世间难得有这许多的海得、玛格娜样的新妇女，即使个个都是，结果只是造成了第三性的女子，在社会看来也是一种悲剧。国内近来已有了不少不甘为人妻的“老密斯”，和不愿为人母的新式夫人。女性的第三性化似已在中国的上流社会流行开始了！如果给托尔斯泰或爱伦凯女士见了，不知将怎样叹息啊！

贤妻良母主义虽为世间一部分所诟病，但女性是免不掉为妻与为母的。说女性于为妻与为母以外还有为人的事则可以，说女性既为了人就无须为妻为母决不成话。既须为妻为母，就有贤与良的理想的要求，所不同的只是贤与良的内容解释罢了。可是无论把贤与良的内容怎样解释，总免不掉是一个重大的牺牲，逃不出一个“忙”字！

自然所加给女性的担负真是严酷。《创世记》中上帝对于第一对男女亚当夏娃的罚，似乎待女性的比待男性的苛了许多。难道真是因为女性先受了蛇的诱惑的缘故吗？抑是女性真由男性的肋骨造成，地位价值根本上不及男性？

中馈，缝纫，奉夫，哺乳，教养……忙煞了不知多少的女性。个人自觉不发达的旧式女性一向沉没在自然的盲目的性意识里，千辛万苦，大半于无意识中经过，比较地不成问题。所最成问题的是个人自觉已经发展的新女性。个人主义已在新女性的心里占着势力了，而性的生活及其结果，在性质上与个人主义却绝对矛盾。这性与个人主义的冲突，就是构成女性世界苦的本质。故愈是个人自觉发达的新女性，其在运命上所感到的苦痛也应愈强。国内现状沉滞麻木如此，离所谓“儿童公育”“母性拥护”等种种梦想的设施还很远很远，无论在口上笔上说得如何好听，女性在事实上还逃不掉家庭的牢狱。今后觉醒的女性在这条满是铁蒺藜的长路上将怎样去挣扎啊！

叫新女性把个人的自觉抑没了，来学那旧式女性的盲目的生活，减却自己的苦痛吗？社会上大部分的人们也许在这样想。什么“女子教育应以实用为主”，什么“新式女子不及旧式女子的能操家政”，种种的呼声都是这思想的表示。但我们断不能赞成此说，旧式女性因少个人的自觉，千辛万苦都于无意识中经过，所感到的苦痛不及新女性的强烈，这种生活自然是自然的，可是与普通的生物界有何两样！如果旧式女性的生活可以赞美，那么动物的生活该更可赞美了。况且旧式女性也未始不感到苦痛，这俗谣中所谓“忙”，不都是以旧式女性为立场的吗？

一切问题不在事实上，而在对于事实的解释上。女性的要为妻为母是事实，这事实所给于女性的特别麻烦，因了知识的进步及社会的改良，自然可除去若干，但断不能除去净尽。不，因了人类欲望的增加，也许还要在别方面增加现在所没有的麻烦。说将来的女性可以无苦地为妻为母，究是梦想。

我不但不希望新女性把个人的自觉抑没，宁愿希望新女性把这才萌芽的个人的自觉发展强烈起来，认为妻为母是自己的事，把家庭的经营，儿女的养育，当作实现自己的材料，一洗从来被动的屈辱的度。为母固然是神圣的职务，为妻是为母的预备，也是神圣的职务。为母为妻的麻烦不是奴隶的劳动，乃是自己实现的手段，应该自己觉得光荣优越的。

“我有男子所不能做的养小孩的本领！”

这是斯德林堡某作中女主人公反抗丈夫时所说的话。斯德林堡一般被称为女性憎恶者，但这句话却足以为女性吐气。我们的新女性，应有这自觉的优越感才好。

苦乐不一定在外部的环境，自己内部的态度常占着大部分的势力。有花草癖的富翁不但不以晨夕浇灌为苦，反以为乐，而在园丁却是苦役。这分别全由于自己的与非自己的上面，如果新女性不彻底自觉，认为妻为母都不是为己，是替男子作嫁，那么即使社会改进到如何的地步，女性面前也只有苦，永无可乐的了。

心机一转，一切就会变样。《海上夫人》中，爱丽妲因丈夫梵格尔许伊自决去留，说“这样一来，一切事都变了样了！”伊就一变了从前的态度，留在梵格尔家里，死心塌地做后妻，做继母。这段例话通常认作自由恋爱的好结果，我却要引来作心机一转的例。梵格尔在这以前并非不爱爱丽妲，可是为妻为母的事，在爱丽姐的心里，总是非常黯淡。后来一转念间，就“一切都变了样了！”所谓“烦恼即菩提”，并不定是宗教上的玄谈啊！

妇女解放的声浪在国内响了好几年了，但大半都是由男子主唱，且大半只是对于外部的制度上加以攻击。我以为真正妇女问题的解决，要靠妇女自己设法，好像劳动问题应由劳动者自己解决一样。而且单攻击外部的制度，不从妇女自己的态度上谋改变，总是不十分有效的。老实说，女性的敌就在女性自身！如果女性真已自己觉得自己的地位并不劣于男性，且重要于男性，为妻，产儿，养育，是神圣光荣的事务，不是奴隶的役使，自然会向国家社会要求承认自己的地位价值，一切问题应早已不成问题了。唯其女性无自觉，把自己神圣的奉仕认作屈辱的奴隶的勾当，才致陷入现在的堕落的地位。

有人说，女性现在的堕落是男性多年来所驯致的。这话当然也不能反对。但我认为无论男性如何强暴，女性真自觉了，也就无法抗衡。但看娜拉啊！真有娜拉的自觉和决心，无论谁做了哈尔茂亦无可奈何。娜拉的在以前未能脱除傀儡衣装，并不是由于哈尔茂的压迫，乃是娜拉自身还缺少自觉和决心的缘故。“小松鼠”“小鸟儿”等玩弄的称呼，在某一意义上可以说是娜拉甘心乐受，自己要求哈尔茂叫伊的啊！

正在为妻为母和将为妻为母的女性啊！你们正“忙”着，或者快要“忙”了。你们在现在及较近的未来，要想不“忙”是不可能的。你们既“忙”了，不要再因“忙”反屈辱了自己，要在这“忙”里发挥自己，实现自己，显出自己的优越，使国家社会及你们对手的男性，在这“忙”里认识你们的价值，承认你们的地位！

02

他 们 笔 下 的 她 们

辑二

妇女问题与东方文明

旧时三女子

林海音

我的曾祖母

一年前的冬日，我陪摄影家谢春德到头份去。他是为了完成《作家之旅》一书，来拍摄我的家乡。先去西河堂林家祖祠拍了一阵，便来到三婶家，那是我幼年三岁至五岁居住过的地方。

春德拍得兴起，婶母的老木床，院中的枯井，墙角的老瓮，厨房里的空瓶旧罐，都是他的拍摄对象，最后听说那座摇摇欲坠的木楼梯上面，是我们家庭供祖宗牌位的地方，他要上去，我们也就跟上去了。虽是个破旧的地方，但是整齐清洁地摆设着观音像、佛像、长明灯、鲜花、香炉等，墙上挂着我曾祖母、祖父母的画像和照片，以及这些年又不幸故去的三婶的儿子、媳妇和孙辈的照片。看见曾祖母的那张精致的大画像，祖丽问我说："妈，那不就是你写过的，自己宰小狗吃的曾祖母吗？"

这样一问，大家都惊奇地望着我。就是连我的晚辈家族，也不太知道这回事。

如果我说，我的曾祖母嗜食狗肉，她在八十多岁时，还自己下手宰小狗吃，你一定会吃惊地问我，我的祖先是来自哪一个野蛮的省？我最初听说，何尝不吃惊呢！其实"狗是人类的好朋友"的说法，是很"现代"而"西方"的。我听我母亲说过，祖父生前有一年从广东蕉岭拜祭林氏祖祠归来，对正在"坐月子"的儿媳妇说："你们是有福气的哟！一天一只麻油酒煮鸡，老家的乡下，是多么贫困，哪有鸡吃，不过是用猪油煮狗酒罢了！"

你听听！祖父说这话的口气，是不是认为人类对待动物的道德衡量，宰一条小狗跟杀一只鸡，并没有什么分别？甚至在那穷乡僻壤，吃鸡比吃狗还要奢侈呢！

自我懂事以来，已经听了很多次关于曾祖母宰小狗吃的故事。不过，随着年龄的增长，对于曾祖母宰小狗这回事，每一次都有更多的认识、了解和同情。

说这老故事最多的就是三婶和母亲。三婶还健康的时候，每次到台北，都会来和母亲闲谈家中老事。老妯娌俩虽然各使用彼此相通的母语——一客家、一闽南——又说、又笑、又感叹地说将起来，我在一旁听着，也不时插入问题，非常有趣。她们谈起我曾祖母——我叫她“阿太”——亲手宰烹小狗吃的故事，都还不由得龇牙咧嘴，一副不寒而栗的样子：就好像那是刚刚发生的事情，就好像我阿太还在后院的沟边蹲着，就好像还听得见那小狗在木桶里被开水浇得吱吱叫的刺耳声，使得她们都堵起耳朵、闭上眼睛跑开，就好像她们是多么不忍见阿太的残忍行为！

但是，我的曾祖母，并不是一个残忍的女人，她是一个最寂寞的女人。

我的曾祖父仕仲公，是前清的贡生。在九个兄弟中，他是出类拔萃的老五。为了好养活，他有个女性化的名字“阿五妹”，所以当时人都尊称他一声“阿五妹伯”。我的曾祖母钟氏，十四岁就来到林家做童养媳，然后“送做堆”嫁给我的曾祖父。但不幸她是个生理有缺陷的女人，一生无月信，不能生育，终生无所出。那么，“阿五妹”爱上了另一个美丽的女孩子罗氏，就是一件很自然的事情了。那个女孩子是人家的独生女儿，做父母的怎肯把独生女儿给“阿五妹”做妾呢？因为我的曾祖父当时有声望、有地位，又开着大染布坊，他们又是自己恋爱的，再加上我阿太的不能生育，美丽的独生女儿，就做了我曾祖父的妾了。妾，果然很快地为“阿五妹伯”生了个大儿子，那就是我的亲祖父阿台先生。

我想，我的曾祖母的寂寞，该是从她失欢的岁月开始的。

阿台先生虽然是一脉单传，却也一枝独秀，果实累累，我的祖母徐氏爱妹，一口气儿生了五男五女，这样一来，造成了林家繁枝覆叶的大家庭。那时候，曾祖父死了，美丽的妾不久也追随地下。阿台先生虽然只是个秀才，没有得到科举时代的任何名堂，但他才学高，后来又做了头份的区长（现在的镇长），事实上比他的父亲更有声望和地位。但是就在林家盛极一时的时候，我的曾祖母，竟带着她自己领养的童养媳，离开了这一大家人，住到山里去了。

并不是我的祖父没有尽到人子的责任，我的祖父是孝子，即使阿太不是他的亲母，他也不废晨昏定省之礼。或许这大家庭使阿太产生了“虽有满堂儿孙，谁是亲生骨肉”的寂寞感吧，她宁可远远地离开，去山上创一个属于她自己的天地。

在那种年代、那种环境、那种地位下，无论如何，阿台先生都有把母亲接回来奉养的必要，但是几次都被阿太拒绝了。请问，荣华和富贵，难道抵不过在山间那弯清冷的月光下打柴埋锅造饭的寒酸日子吗？请在我的曾祖母的身上找答案吧！

终于，在我曾祖母八十岁那年，寒冬腊月，一乘轿子，把她老人家从山窝里抬回来了。听说她的整寿生日很热闹，在那乡庄村镇，一次筵开二三百桌，即使是身为区长，受人崇敬的阿台先生家办事，也不是一件顶容易的事吧！而且，祖父还请画师给她画了这么一张像：头戴凤冠，身穿镶着兔皮边的补褂。外褂子上画的那块补子，竟是“鹤补”，一品夫人哪！我向无所不知的老盖仙夏元瑜兄打听，他说画像全这么画，总不能画一个乡下老太婆，要画就画高一点儿的。我笑说，那也画得高太多啦！

据我的母亲和三婶说，阿太很健康，虽然牙齿全没了，佝偻着腰，也不拄拐杖。出出进进总是一袭蓝衣黑裤。她不太理会家里的人，吃过饭，就举着旱烟管到邻家去闲坐，平日连衣服都自己洗，就知道她是个多么孤独和倔强的人了。

大家庭是几房孙媳妇妯娌轮流烧饭，她们都会为没有牙齿的阿太煮了特别烂的饭菜。当她的独份饭菜烧好摆在桌上时，跟着一声高喊：“阿太，来吃饭啊！”她便佝偻着腰，来到饭桌前了。我的母亲对这有很深的印象，她说当阿太独自端起了饭碗，筷子还没举起来，就先听见她幽幽的一声无奈的长叹！阿太难道还有什么不满足吗？

现在说到狗肉。

三婶最会炖狗腿，她说要用枸杞、柑皮、当归、番薯等与狗腿同煮，才可以去腥膻之气，但却忌用葱。狗肉则用麻油先炒了用酒配料煮食，风味绝佳。三婶虽是狗肉烹调家，却从不吃狗肉，她是做子媳的，该做这些事就是了。不但三婶不吃狗肉，在这大家庭里，吃狗肉的人数也不多，三婶曾笑指着我的鼻子告诉我说：

“家里虽然说吃狗肉的人数不算多，可也四代同堂呢！你阿太，你阿公，你阿姑，还有你！”

秋来正是吃狗肉进补的时候。其实，从旧历七月以后，家里就不断地收到亲友送来的羊头、羊腿、狗腿这种种的补品了。因为乡人都知道阿台先生嗜此，岂知他的老母、女儿、四岁的小孙女，也是同好呢！

不是和自己亲生儿子在一起，我想唯有吃狗肉的时候，阿太才能得到一点点快乐吧？因为这时所有怕狗肉的家人，都远远地躲开了！

据说有一年，有人送来一窝小肥狗给阿台先生。这回是活玩意儿，三婶再也没有勇气像杀母鸡一样地去宰这一窝小活狗了。阿太看看，没有人为她做这件事，便自己下手了，这就是我的曾祖母著名的自己下手宰狗吃的“残忍”的故事了。

记得有一次我又听母亲和三婶谈这件事的时候，不知哪儿来的一股不平之鸣，我说：“如果照我祖父说的，煮鸡酒和煮狗酒没有什么两样的话，那么阿太宰一只狗和你们杀一只鸡也没有什么两样的呀！”

阿太高寿，她是在八十七八岁上故去的，我看见她，是在三岁到五岁的时候，直接的记忆等于零。但是，如果她地下有知的话，会觉得在一个甲子后的人间，竟获得她的一个曾孙女的了解和同情，并且形诸笔墨，该是不寂寞啊！

我的祖母

我的祖母徐氏爱妹的放大照片，就挂在曾祖母画像的旁边墙上。这张虽是老太太的照片，但也可以看出她的风韵，年轻时必定是个美人儿，她是凤眼形，薄薄的唇，直挺的鼻梁。她在照片上的这件衣着，虽是客家妇女的样式，但是和今日年轻女人穿的改良旗袍的领、襟都像呢！

我的祖父林台先生，号云阁，谱名鼎泉，他是林家九德公派下的九世孙。前面说过，他科举时代没有什么名堂，却是打二十一岁起就执教鞭，1916 年到 1920 年，出任头份第三任区长，在纯朴的客家小镇上，是位令人尊敬的长者。在中港溪流域，是以文名享盛誉。他能诗文，擅拟对联，老年间的许多寿序、联匾，很多出于祖父之笔。我的祖母为林家生了五男五女，除了夭折一男一女外，其余都成家立业，所以在祖父享盛誉的时候，祖母自然也风光了半辈子。

我对祖母知道得并不多，年前玉美姑母到台北来，我笑对也已年近八十的玉美姑说：“我要问你一些你母亲的事，你可得跟我说实话。”因为我常听婶母及母亲说，祖母很厉害，她把四个儿媳妇控制得严严的，但她自己却也是个勤俭干净利落的人。听说，我的曾祖母所以很孤独地到山上去过日子，也和这个儿媳妇有些关系，因为当年的祖母，妻以夫贵，不免有时露出骄傲的神色来吧！而且我听三婶说，她的女儿秀凤自幼送人，也是婆婆的主意。我问玉美姑姑，玉美姑姑很技巧地回答说：“你三婶身体不好嘛！带不了孩子，所以做主张把秀凤送人好了。”其实我又听说，是祖母希望三婶生儿子，所以叫她把女儿送人的。我又问姑姑说：“听说祖母很厉害。”姑姑说：“她很能干。”“能干”和“厉害”有怎样的差别和程度，是怎么说都可以的。

但是在我的记忆中，祖母却是可爱的，幼年在家乡的记忆没有了，却记得在北平时，我还在小学三年级的样子，祖父、祖母到北平来了。那时父亲、四叔——祖父的最大和最小的儿子都全家在北平，从遥远的台湾到“皇帝殿脚下”的北平来探亲和游历，又是日据时代，是一件不简单的事，我想那是祖母最最风光的时期了。他们返回台湾不久，四叔就因抗日在大连被日本人毒死狱中。四叔本是祖母最疼爱的儿子，四婶也因是自幼带的童养媳，所以也特别疼。过两年，祖父独自到北平来，父亲已经因四叔的死，自己也吐血肺疾发。记得祖父住在西交民巷的南屋里，我常听他的咳声，他似乎很寂寞地在看着《随园诗话》，上面都是他随手所记的批注。等到祖父回台湾，过不久，父亲也故去了。

这时祖父的四个儿子，先他而去了三个，祖父于 1934 年七十二岁时去世，死时只有一个三叔执幡送终。祖父死后的年月，不要说风光的日子没有了，祖母又遭遇到最后一个儿子三叔也病故的打击，至此满堂寡妇孤儿，是林家最不幸的时期。真是“屋漏偏逢连夜雨”，1936 年时，台湾地震，最严重的就是竹南、头份一带。我们这一辈，最大的是堂兄阿烈，他又偏在南京工作，看报不知有多着急，那时家屋倒塌，大家都在地上搭棚住，七十多岁的祖母也一样。后来阿烈哥返台，在一群孤儿寡妇中，他不得不挑起这大家族的许多责任。

阿烈哥说，幸好他考取了当时的放送局，薪水两倍于一般薪水阶级，负起奉养祖母的担子。他也曾把祖母接来台北居住就医过，可是她还是在八十岁上、在祖父死后十年中风去世了。她死时更不如祖父，四个儿子都已先她而去，送终的只好是承重孙阿烈哥了。

而我们那时在北平，也是寡妇和孤儿，又和家乡断绝音信多年，详细的情形都不知道。只是祖母在我的印象中却是和蔼的、美丽的。

我的母亲

我的母亲是板桥镇上一个美丽、乖巧的女孩，她十五岁上就嫁给比她大了十五岁的父亲，那是因为父亲在新埔、头份教过小学以后，有人邀他到板桥林本源做事，所以娶了我的母亲。

母亲是典型的中国三从四德的女性，她识字不多，但美丽且极聪明，脾气好，开朗，热心，与人无争，不抱怨，勤勉，整洁。这好像是我自己吹嘘母亲是说不尽的好女人。其实亲友中，也都会这样赞美她。

母亲嫁给父亲不久，父亲就带着母亲和母亲肚中的我到日本去，在大阪城生下了我。父亲是个典型的大男人，据说在日本到酒馆林立的街坊，从黑夜饮到天明，一夜之间，喝遍一条街，够任性的了。但是他却有更多优点，他负责任地工作，努力求生存，热心助人，不吝金钱。我们每一个孩子，他管得虽严，却都疼爱。

在大阪的日子，母亲也津津乐道。她说当年她是个足不出户的异国少妇（在别人只是个十几岁的少女），偶然上街，也不过是随着背伏着小女婴的下女出去走走。像春天，傍着淀川，造币局一带，樱花盛开了，风景很美。母亲说，我们出门逛街，还得忍受身后边淘气的日本小鬼偶然喊过来的“清国奴”这样侮辱中国人的口号，因为母亲穿的是中国服装。

后来父亲要远离日本人占据的台湾，到北平去打天下，便先把母亲和三岁的我送回台湾。在客家村和板桥两地住了两年，才到北平去的。母亲以一个闽南语系的女人嫁给客家人，在当时是罕见的。母亲缠过足，个子又小，而客家女性大脚，劳动起来是有力有劲的。但是娇小的母亲在客家大家庭里仍能应付得很好，那是因为母亲乖，不多讲话。她说妯娌们轮流烧饭，她一样轮班，小小的个子，在乡间的大灶间，烧柴、举炊，她都得站在一个矮凳上才够得到，但她从不说苦。不说苦，也是女性的一种德性吧，我从未见母亲喊过苦，这样的德性在潜移默化中，也给了我们姊弟做人的道理。像我，脾气虽然急躁，却极能耐苦，这一半是客家人的本性，一半也是得自母亲。

父亲去世前在北平的日子，是最幸福的，但自父亲去世（母亲才二十九岁），一直到我成年，我们从来都没有太感觉做孤儿的悲哀，而是因为母亲，她事事依从我们，从不摆出一副苦相，真是所谓“在家从父，出嫁从夫，夫死从子”了。

我的母亲常说这样两句台湾谚语，她说：“一斤肉不值四两葱，一斤儿不值四两夫。”意思是说，一斤肉的功用抵不过四两葱，一斤儿子抵不过四两丈夫。用有实质的重量来比喻人伦，实在是很有趣的象征手法。我母亲也常说另一句谚语：“食夫香香，食子淡淡。”这是说，妻子吃丈夫赚来的，是天经地义，没有话说，所以吃得香；等到有一天要靠子女养活时，那味道到底淡些。这些话表现出我的母亲对一个男人——丈夫的爱情之深、之专。

现在已婚妇女，凑在一起总是要怨丈夫，我的母亲从来没有过。甚至于我们一起回忆父亲时，我如果说了父亲这样好那样好，母亲很高兴地加入说。如果我们忽想起爸爸有些不好的地方，母亲就一声也不言语，她不好驳我们，却也不愿随着孩子回忆她的丈夫的缺点。

我的母亲十五岁结婚，二十九岁守寡，前年八十一岁去世。在讣闻里，我们细数了她的直系子、孙、媳婿等四代四十多人，没有太保太妹，没有吃喝嫖赌不良嗜好的。母亲虽早年守寡，却有晚年之福。

在这妇女节日，写三位旧时女子——我的曾祖母、祖母、母亲，无他，只是想借此写一点中国女性生活的一面，和她们不同的身世。但有一点相同的，无论她们曾受了多少苦，享了多少福，都是活到八十岁以上的长寿者。

论“人言可畏”

鲁迅

“人言可畏”是电影明星阮玲玉自杀之后，发见于她的遗书中的话。这哄动一时的事件，经过了一通空论，已经渐渐冷落了，只要《玲玉香消记》一停演，就如去年的艾霞自杀事件一样，完全烟消火灭。她们的死，不过像在无边的人海里添了几粒盐，虽然使扯淡的嘴巴们觉得有些味道，但不久也还是淡，淡，淡。

这句话，开初是也曾惹起一点小风波的。有评论者，说是使她自杀之咎，可见也在日报记事对于她的诉讼事件的张扬；不久就有一位记者公开的反驳，以为现在的报纸的地位，舆论的威信，可怜极了，那里还有丝毫主宰谁的运命的力量，况且那些记载，大抵采自经官的事实，绝非捏造的谣言，旧报具在，可以复按。所以阮玲玉的死，和新闻记者是毫无关系的。

这都可以算是真实话。然而——也不尽然。

现在的报章之不能像个报章，是真的；评论的不能逞心而谈，失了威力，也是真的，明眼人决不会过分地责备新闻记者。但是，新闻的威力其实是并未全盘坠地的，它对甲无损，对乙却会有伤；对强者它是弱者，但对更弱者它却还是强者，所以有时虽然吞声忍气，有时仍可以耀武扬威。于是阮玲玉之流，就成了发扬余威的好材料了，因为她颇有名，却无力。小市民总爱听人们的丑闻，尤其是有些熟识的人的丑闻。上海的街头巷尾的老虔婆，一知道近邻的阿二嫂家有野男人出入，津津乐道，但如果对她讲甘肃的谁在偷汉，新疆的谁在再嫁，她就不要听了。阮玲玉正在现身银幕，是一个大家认识的人，因此她更是给报章凑热闹的好材料，至少也可以增加一点销场。读者看了这些，有的想："我虽然没有阮玲玉那么漂亮，却比她正经"；有的想："我虽然不及阮玲玉的有本领，却比她出身高"；连自杀了之后，也还可以给人想："我虽然没有阮玲玉的技艺，却比她有勇气，因为我没有自杀”。化几个铜元就发见了自己的优胜，那当然是很上算的。但靠演艺为生的人，一遇到公众发生了上述的前两种的感想，她就够走到末路了。所以我们且不要高谈什么连自己也并不了然的社会组织或意志强弱的滥调，先来设身处地地想一想罢，那么，大概就会知道阮玲玉的以为“人言可畏”，是真的，或人的以为她的自杀，和新闻记事有关，也是真的。

但新闻记者的辩解，以为记载大抵采自经官的事实，却也是真的。上海的有些介乎大报和小报之间的报章，那社会新闻，几乎大半是官司已经吃到公安局或工部局去了的案件。但有一点坏习气，是偏要加上些描写，对于女性，尤喜欢加上些描写；这种案件，是不会有名公巨卿在内的，因此也更不妨加上些描写。案中的男人的年纪和相貌，是大抵写得老实的，一遇到女人，可就要发挥才藻了，不是“徐娘半老，风韵犹存”，就是“豆蔻年华，玲珑可爱”。一个女孩儿跑掉了，自奔或被诱还不可知，才子就断定道，“小姑独宿，不惯无郎”，你怎么知道？一个村妇再醮了两回，原是穷乡僻壤的常事，一到才子的笔下，就又赐以大字的题目道，“奇淫不减武则天”，这程度你又怎么知道？这些轻薄句子，加之村姑，大约是并无什么影响的，她不识字，她的关系人也未必看报。但对于一个智识者，尤其是对于一个出到社会上了的女性，却足够使她受伤，更不必说故意张扬，特别渲染的文字了。然而中国的习惯，这些句子是摇笔即来，不假思索的，这时不但不会想到这也是玩弄着女性，并且也不会想到自己乃是人民的喉舌。但是，无论你怎么描写，在强者是毫不要紧的，只消一封信，就会有正误或道歉接着登出来，不过无拳无勇如阮玲玉，可就正做了吃苦的材料了，她被额外的画上一脸花，没法洗刷。叫她奋斗吗？她没有机关报，怎么奋斗；有冤无头，有怨无主，和谁奋斗呢？我们又可以设身处地的想一想，那么，大概就又知她的以为“人言可畏”，是真的，或人的以为她的自杀，和新闻记事有关，也是真的。

然而，先前已经说过，现在的报章的失了力量，却也是真的，不过我以为还没有到达如记者先生所自谦，竟至一钱不值，毫无责任的时候。因为它对于更弱者如阮玲玉一流人，也还有左右她命运的若干力量的，这也就是说，它还能为恶，自然也还能为善。“有闻必录”或“并无能力”的话，都不是向上的负责的记者所该采用的口头禅，因为在实际上，并不如此，——它是有选择的，有作用的。

至于阮玲玉的自杀，我并不想为她辩护。我是不赞成自杀，自己也不豫备自杀的。但我的不豫备自杀，不是不屑，却因为不能。凡有谁自杀了，现在是总要受一通强毅的评论家的呵斥，阮玲玉当然也不在例外。然而我想，自杀其实是不很容易，决没有我们不豫备自杀的人们所渺视的那么轻而易举的。倘有谁以为容易么，那么，你倒试试看！

自然，能试的勇者恐怕也多得很，不过他不屑，因为他有对于社会的伟大的任务。那不消说，更加是好极了，但我希望大家都有一本笔记簿，写下所尽的伟大的任务来，到得有了曾孙的时候，拿出来算一算，看看怎么样。

贞操问题

胡适

周作人先生所译的日本与谢野晶子的《贞操论》（《新青年》四卷五号），我读了很有感触。这个问题，在世界上受了几千年无意识的迷信，到近几十年中，方才有些西洋学者正式讨论这问题的真意义。文学家如易卜生的《群鬼》和Thomas Hardy 的《苔史》（*Tess*），都带着讨论这个问题。如今家庭专制最利害的日本居然也有这样大胆的议论！这是东方文明史上一件极可贺的事。

当周先生翻译这篇文字的时候，北京一家很有价值的报纸登出一篇恰相反的文章。这篇文章是海宁朱尔迈的《会葬唐烈妇记》（七月二十三四日北京《中华新报》）。上半篇写唐烈妇之死如下：

> 唐烈妇之死，所阅灰水，钱卤，投河，雉经者五，前后绝食者三；又益之以砒霜，则其亲试乎杀人之方者凡九。自除夕上溯其夫亡之夕，凡九十有八日。夫以九死之惨毒，又历九十八日之长，非所称百挫千折有进而无退者乎？……

下文又借出一件“俞氏女守节”的事来替唐烈妇作陪衬：

> 女年十九，受海盐张氏聘，未于归，夫夭，女即绝食七日；家人劝之力，始进糜曰，“吾即生，必至张氏，宁服丧三年，然后归报地下。”

最妙的是朱尔迈的论断：

> 嗟乎，俞氏女盖闻烈妇之风而兴起者乎？……俞氏女果能死于绝食七日之内，岂不甚幸？乃为家人阻之，俞氏女亦以三年为己任，余正恐三年之间，凡一千八十日有奇，非如烈妇之九十八日也。且绝食之后，其家人防之者百端，……虽有死之志，而无死之间，可奈何？

烈妇倘能阴相之以成其节，风化所关，猗欤盛矣！

这种议论简直是全无心肝的贞操论，俞氏女还不曾出嫁，不过因为信了那种荒谬的贞操迷信，想做那“青史上留名的事”，所以绝食寻死，想做烈女。这位朱先生要维持风化，所以忍心害理地巴望那位烈妇的英灵来帮助俞氏女赶快死了，“岂不甚幸”！这种议论可算得贞操迷信的极端代表。《儒林外史》里面的王玉辉看他女儿殉夫死了，不但不哀痛，反仰天大笑道：“死得好！死得好！”（五十二回）王玉辉的女儿殉已嫁之夫，尚在情理之中。王玉辉自己“生这女儿为伦纪生色”，他看他女儿死了反觉高兴，已不在情理之中了。至于这位朱先生巴望别人家的女儿替她未婚夫做烈女，说出那种“猗欤盛矣”的全无心肝的话，可不是贞操迷信的极端代表吗？

贞操问题之中，第一无道理的，便是这个替未婚夫守节和殉烈的风俗。在文明国里，男女用自由意志，由高尚的恋爱，订了婚约，有时男的或女的不幸死了，剩下的那一个因为生时爱情太深，故情愿不再婚嫁。这是合情理的事。若在婚姻不自由之国，男女订婚以后，女的还不知男的面长面短，有何情爱可言？不料竟有一种陋儒，用“青史上留名的事”来鼓励无知女儿做烈女，“为伦纪生色”，“风化所关，猗欤盛矣！”我以为我们今日若要作具体的贞操论，第一步就该反对这种忍心害理的烈女论，要渐渐养成一种舆论，不但永不把这种行为看作“猗欤盛矣”可旌表褒扬的事，还要公认这是不合人情、不合天理的罪恶；还要公认劝人做烈女，罪等于故意杀人。

这不过是贞操问题的一方面。这个问题的真相，已经与谢野晶子说得很明白了。他提出几个疑问，内中有一条是：“贞操是否单是女子必要的道德，还是男女都必要的呢？”这个疑问，在中国更为重要。中国的男子要他们的妻子替他们守贞守节，他们自己却公然嫖妓，公然纳妾，公然“吊膀子”。再嫁的妇人在社会上几乎没有社交的资格；再婚的男子，多妻的男子，却一毫不损失他们的身分。这不是最不平等的事吗？怪不得古人要请“周婆制礼”来补救“周公制礼”的不平等了。

我不是说，因为男子嫖妓，女子便该偷汉；也不是说，因为老爷有姨太太，太太便该有姨老爷。我说的是，男子嫖妓，与妇人偷汉，犯的是同等的罪恶；老爷纳妾，与太太偷人，犯的也是同等的罪恶。

为什么呢？因为贞操不是个人的事，乃是人对人的事；不是一方面的事，乃是双方面的事。女子尊重男子的爱情，心思专一，不肯再爱别人，这就是贞操。贞操是一个“人”

对别一个“人”的一种态度。因为如此，男子对于女子，也该有同等的态度。若男子不能照样还敬，他就是不配受这种贞操的待遇。这并不是外国进口的妖言，这乃是孔丘说的“己所不欲，勿施于人”。孔丘说：君子之道四，丘未能一焉：所求乎子以事父，未能也；所求乎臣以事君，未能也；所求乎弟以事兄，未能也；所求乎朋友，先施之，未能也。

孔丘五伦之中，只说了四伦，未免有点欠缺。他理该加上一句道：所求乎吾妇，先施之，未能也。

这才是大公无私的圣人之道！

我这篇文字刚才做完，又在上海报上看见陈烈女殉夫的事。今先记此事大略如下：

陈烈女名宛珍，绍兴县人，三世居上海。年十七，字王远甫之子菁士。菁士于本年三月廿三日病死，年十八岁。陈女闻死耗，即沐浴更衣，潜自仰药。其家人觉察，仓皇施救，已无及。女乃泫然曰：“儿志早决。生虽未获见夫，殁或相从地下……”言讫，遂死，死时距其未婚夫之死仅三时而已。（此据上海绍兴同乡会所出征文启）

过了两天，又见上海县知事呈江苏省长请予褒扬的呈文中说：

呈为陈烈女行实可风，造册具书证明，请予按例褒扬事。……（事实略）……兹据呈称……并开具事实，附送褒扬费银六元前来。……知事复查无异。除先给予“贞烈可风”匾额，以资旌表外，谨援《褒扬条例》……之规定，造具清册，并附证明书，连同褒扬费，一并备文呈送，仰祈鉴核，俯赐咨行内务部将陈烈女按例褒扬，实为德便。

我读了这篇呈文，方才知道我们中华民国居然还有什么《褒扬条例》。于是我把那些条例寻来一看，只见第一条九种可褒扬的行谊的第二款便是“妇女节烈贞操可以风世者”；第七款是“著述书籍，制造器用，于学术技艺有发明或改良之功者”；第九款是“年逾百岁者”！一个人偶然活到了一百岁，居然也可以与学术技艺上的著作发明享受同等的褒扬！这已是不伦不类可笑得很了。再看那条例《施行细则》解释第一条第二款的“妇女节烈贞操可以风世者”如下：

第二条：《褒扬条例》第一条第二款所称之“节”妇，其守节年限自三十岁以前守节至五十岁以后者。但年未五十而身故，其守节已及六年者同。

第三条：同条款所称之“烈”妇“烈”女，凡遇强暴不从致死，或羞忿自尽，及夫亡殉节者，属之。

第四条：同条款所称之“贞”女，守贞年限与节妇同。其在夫家守贞身故，及未符年例而身故者，亦属之。

以上各条乃是中国贞操问题的中心点。第二条褒扬“自三十岁以前守节至五十岁以后”的节妇，是中国法律明明认三十岁以下的寡妇不该再嫁；再嫁为不道德。第三条褒扬“夫亡殉节”的烈妇烈女，是中国法律明明鼓励妇人自杀以殉夫；明明鼓励未嫁女子自杀以殉未嫁之夫。第四条褒扬未嫁女子替未婚亡夫守贞二十年以上，是中国法律明明说未嫁而丧夫的女子不该再嫁人；再嫁便是不道德。这是中国法律对于贞操问题的规定。

依我个人的意思看来，这三种规定都没有成立的理由。

第一，寡妇再嫁问题　这全是一个个人问题。妇人若是对她已死的丈夫真有割不断的情义，她自己不忍再嫁；或是已有了孩子，不肯再嫁；或是年纪已大，不能再嫁；或是家道殷实，不愁衣食，不必再嫁；——妇人处于这种境地，自然守节不嫁。还有一些妇人，对她丈夫，或有怨心，或无恩意，年纪又轻，不肯抛弃人生正当的家庭快乐；或是没有儿女，家又贫苦，不能度日；——妇人处于这种境遇没有守节的理由，为个人计，为社会计，为人道计，都该劝她改嫁。贞操乃是夫妇相待的一种态度。夫妇之间爱情深了，恩谊厚了，无论谁生谁死，无论生时死后，都不忍把这爱情移于别人，这便是贞操。夫妻之间若没有爱情恩意，即没有贞操可说。若不问夫妇之间有无可以永久不变的爱情，若不问做丈夫的配不配受他妻子的贞操，只晓得主张做妻子的总该替她丈夫守节；这是一偏的贞操论，这是不合人情公理的伦理。再者，贞操的道德，“照各人境遇体质的不同，有时能守，有时不能守；在甲能守，在乙不能守”（用与谢野晶子的话）。若不问个人的境遇体质，只晓得说“忠臣不事二君，烈女不更二夫”；只晓得说“饿死事极小，失节事极大”（用程子语）；这是忍心害理，男子专制的贞操论。——以上所说，大旨只要指出寡妇应否再嫁全是个人问题，有个人恩情上，体质上，家计上种种不同的理由，不可偏于一方面主张不近情理的守节。因为如此，故我极端反对国家用法律的规定来褒扬守节不嫁的寡妇。褒扬守节的寡妇，即是说寡妇再嫁为不道德，即是主张一偏的贞操论。法律既不能断定寡妇再嫁为不道德，即不该褒扬不嫁的寡妇。

第二，烈妇殉夫问题　寡妇守节最正当的理由是夫妇间的爱情。妇人殉夫最正当的理由也是夫妇间的爱情。爱情深了，生离尚且不能堪，何况死别？再加以宗教的迷信，以为死后可以夫妇团圆。因此有许多妇人，夫死之后，情愿杀身从夫于地下。这个不属于贞操问题。但我以为无论如何，这也是个人恩爱问题，应由个人自由意志去决定。无论如何，法律总不该正式褒扬妇人自杀殉夫的举动。一来呢，殉夫既由于个人的恩爱，何须用法律来褒扬鼓励？二来呢，殉夫若由于死后团圆的迷信，更不该有法律的褒扬了。三来呢，若用法律来褒扬殉夫的烈妇，有一些好名的妇人，便要借此博一个“青史留名”；是法律的褒扬反发生一种沽名钓誉，作伪不诚的行为了！

第三，贞女烈女问题　未嫁而夫死的女子，守贞不嫁的，是“贞女”；杀身殉夫的，是“烈女”。我上文说过，夫妇之间若没有恩爱，即没有贞操可说。依此看来，那未嫁的女子，对于她丈夫有何恩爱？既无恩爱，更有何贞操可守？我说到这里，有个朋友驳我道，“这话别人说了还可，胡适之可不该说这话。为什么呢？你自己曾做过一首诗，诗里有一段道：

> 我不认得他，他不认得我，我却常念他，这是为什么？
>
> 岂不因我们，分定常相亲？由分生情意，所以非路人。
>
> 海外土生子，生不识故里，终有故乡情，其理亦如此。

“依你这诗的理论看来，岂不是已订婚而未嫁娶的男女因为名分已定，也会有一种情意。既有了情意，自然发生贞操问题。你于今又说未婚嫁的男女没有恩爱，故也没有贞操可说，可不是自相矛盾吗？”

我听了这番驳论，几乎开口不得。想了一想，我才回答道：我那首诗所说名分上发生的情意，自然是有的；若没有那种名分上的情意，中国的旧式婚姻决不能存在。如旧日女子听人说她未婚夫的事，即面红害羞，即留神注意，可见她对她未婚夫实有这种名分上所发生的情谊。但这种情谊完全属于理想的。这种理想的情谊往往因实际上的反证，遂完全消灭。如女子悬想一个可爱的丈夫，及到嫁时，只见一个极下流不堪的男子，她如何能坚持那从前理想中的情谊呢？我承认名分可以发生一种情谊，我并且希望一切名分都能发生相当的情谊。但这种理想的情谊，依我看来实在不够发生终身不嫁的贞操，更不够发生杀身殉夫的节烈。即使我更让一步，承认中国有些女子，例如吴趼人《恨海》里那个浪子的聘妻，深中了圣贤经传的毒，由名分上真能生出极浓挚的情谊，无论她未婚夫如何淫荡，人格如何堕落，依旧贞一不变。试问我们在这个文明时代，是否应该赞成提倡这种盲从的贞操？这种盲从的贞操，只值得一句“其愚不可及也”的评论，却不值得法律的褒扬。法律既许未嫁的女子夫死再嫁，便不该褒扬处女守贞。至于法律褒扬无辜女子自杀以殉不曾见面的丈夫，那更是男子专制时代的风俗，不该存在于现今的世界。

总而言之，我对于中国人的贞操问题，有三层意见。第一，这个问题，从前的人都看作“天经地义”，一味盲从，全不研究“贞操”两字究竟有何意义。我们生在今日，无论提倡何种道德，总该想想那种道德的真意义是什么。《墨子》说得好：

> 子墨子问于儒者曰，“何故为乐？”曰，“乐以为乐也。”子墨子曰，“子未我应也。今我问曰，‘何故为室？’曰，‘冬避寒焉，夏避暑焉，室以为男女之别也，’则子告我为室之故矣。今我问曰，‘何故为乐？’曰，‘乐以为乐也。’是犹曰，‘何故为室？’曰，‘室以为室也。’”（《公孟篇》）

今试问人“贞操是什么？”或“为什么你褒扬贞操？”他一定回答道，“贞操就是贞操。我因为这是贞操，故褒扬她”。这种“室以为室也”的论理，便是今日道德思想宣告破产的证据。故我做这篇文字的第一个主意只是要大家知道“贞操”这个问题并不是“天经地义”，是可以彻底研究，可以反复讨论的。

第二，我以为贞操是男女相待的一种态度，乃是双方交互的道德，不是偏于女子一方面的。由这个前提，便生出几条引申的意见：（一）男子对于女子，丈夫对于妻子，也应有贞操的态度；（二）男子做不贞操的行为，如嫖妓娶妾之类，社会上应该用对待不贞妇女的态度来对待他；（三）妇女对于无贞操的丈夫，没有守贞操的责任；（四）社会法律既不认嫖妓纳妾为不道德，便不该褒扬女子的“节烈贞操”。

第三，我绝对地反对褒扬贞操的法律。我的理由是：

（一）贞操既是个人男女双方对待的一种态度，诚意的贞操是完全自动的道德，不容有外部的干涉，不须有法律的提倡。

（二）若用法律的褒扬为提倡贞操的方法，势必至造成许多沽名钓誉，不诚实，无意识的贞操举动。

（三）在现代社会，许多贞操问题，如寡妇再嫁，处女守贞，等等问题的是非得失，却都还有讨论余地，法律不当以武断的态度制定褒贬的规条。

（四）法律既不奖励男子的贞操，又不惩男子的不贞操，便不该单独提倡女子的贞操。

（五）以近世人道主义的眼光看来，褒扬烈妇烈女杀身殉夫，都是野蛮残忍的法律，这种法律，在今日没有存在的地位。

汉字所表现的女性的地位

夏丏尊

女性在中国向为一般所贱视，好像不排在“人”的范围以内的。这种被贱视的情形，不但政治上、道德上、法律上、经济上可以看得出，甚至于在日常所用的语言文字中也随处可以发见。“妇人之见”，“妇人之仁”，“妇孺皆知”……哪一句不是鄙斥女性的熟语？不但熟语，即单字也是如此。

寒夜无聊，偶从字典来把“女部”的字来一一检查，觉得“女部”所列的字很足说明中国女性的屈辱。“女部”所收的字，除“女”字外，共一百七十五字（我身边所有的是商务印书馆的《新字典》），依其性质，可分五类：

一、表女性的称呼的，全部字数中，属于此类的字共五十三，如下：

妗、妜、奼、妣、妯、妺、姒、妻、妤、姊、姐、姆、姑、姥、姨、姪、姬、妾、娃、娌、娘、娣、婆、婕、妇、婢、妓、娼、嬷、媳、妈、嫂、妪、嫜、嫠、嫛、嫱、嫡、婴、婶、孀、孃、奴、妐、妮、嫒、奶、嬭、嬷、娱、媮、姻、娅。

此外还有二十一个固有名词，如：

婉、妹、娍、妘、妲、娄、娲、嫈、嫯、娵、婼、嫘、嫫、孋、嬴、妫、姬、嫦、姜、嫄、姞。

以上都是名词，除固有名词外，都是表示称呼的。其中如“妇”字，已是“服于人”的意思；“妾”“妓”“娼”等，更是女性专有屈辱名词。要找一个相对的男性名词，实在找不出来。至于“奴”，原似两性兼用的，可是也竟单以女字来作偏旁了！

二、表人性的缺点的共二十八字，如下：

奸、妎、妖、妄、妨、姦、婞、婪、媮、媟、媿、妒、嫉、嫌、嫚、嫪、嬖、嬲、嬾、嫖、姻、奼、娭、嬦、娸、娼、媑、嫿。

上面所列都是指人性的缺点的。人性的缺点原是两性共有，不应专归过于女性，可是从字的构造上看来，竟好像只有女性有缺点，而世间一切的罪恶，都是女性包办似的。这也许是“女性中心说”的一种滑稽的证据吧！

三、表女性的功用的，可归入此类的只有五字，如下：

妊、姙、娠、娩、媰。

这五字中，除“妊”和“姙”是同字异体外，共只四字。这四字的意义相差无几，不外乎是孕育生产的意思。原来女性的任务就只生殖，就只不过是一部生殖的机器！

四、表男性所喜欢的女性的美质的共四十九字，如下：

好、妉、姝、妙、妆、妥、姁、姗、姚、姣、姱、妍、姿、娥、媚、姽、娉、娓、娖、娙、娱、娜、娟、嫈、婉、媌、媕、媖、媞、婧、媺、嫣、嫋、嫩、妘、妩、娴、嫽、婳、娆、嬉、婵、娇、嫏、嬛、嬥、孌、孅、婷。

以上所列的似乎都是女性的好称谓，凡颂扬女性都要用这类的辞。可是这种称誉大概出之于男性的口中或笔端。女性的这类性质，正是合乎男性的要求的。女性有了这类的性质，然后可作男性的玩弄品！女性的所以有这类性质，全由于男性淘汰的结果，实是历代的屈辱的结晶！

五、表男女间的结合关系的共十二字，如下：

妃、媿、婚、娶、媒、灼、姤、媾、嫁、媵、嫔、姘。

上面的字是表男女关系的各形式的。两性关系原应是两性各有关系，可是其所表示的字竟都是女旁。两性关系中占重要位置的“媾”，也好像是女性单面负担的任务！

上五项外，未列入的还有七字：

始、姓、如、委、嬗、娑、威。

这七字中，“始”和“姓”字似乎可以用来说明“女性中心说”的。其余的五字与女性关系不深，也随它去了。

依文字的构造上看来，中国女性的屈辱不是很明显地表示着吗？

中国的女性啊！你们甘长受这样的屈辱吗？

家属关系和妇女地位

邹韬奋

资本主义社会里面，因个人主义之高度的发展，家属的关系也比较地疏浅。这是西洋社会一般的情形，是我们所早知道的。记者在上文里谈起英国叫花子的时候，曾说他们具有独立观念，而同时因社会组织的关系，失业者遍地，虽有独立观念而仍不得不做叫花子。在他们家属关系里面，也可随处察觉独立观念的成分。例如记者在伦敦所住的屋子的房东太太（二房东，前面曾谈起过），那样老，那样辛苦，那样孤寂，但是她仍不愿去依靠她的已出嫁的女儿。我有一天夜里回家，一进门（房客各人带有开门的钥匙，故不致惊动别人），便听见厨房里漏出的抽抽咽咽的哭诉声，我辨得出是房东老太婆的声音，偷偷摸摸移步到厨房门口偷听，才知道原来是她对这替她帮忙的那个女子且哭且诉，说她这两天发着寒热，女儿又来劝她去同住，她说“为自尊起见，我不能去”。这是她在这种社会里数十年不知不觉中养成的意识。试再举两件记者所亲自知道的事实。一件是有个太太于两个月前死去了丈夫，把她的住宅卖了，来和她的已嫁的女儿同住，但她却一定要照付房租；因她所有的一些余积还不敷用，所以同时仍须每天出去做事，她的女儿劝她把事情辞掉，在家里帮帮她（女儿）的忙，这母亲不肯，觉得她那样自由些。还有一件是关于一个六十岁的老头儿，他是个鳏夫，很孤寂地独自一人住在一个租赁的房间里，他的女儿却嫁给一个开小汽车行的人家，很过得去；这女儿自己仍在做一个阔人的私人秘书，每星期有五镑的收入，丈夫虽只有几辆汽车，也还不坏，所以他们夫妇便住在一个“flat”（租用的全层的屋子，例如二层楼全层，或三层楼全层，比租零碎房间的算是比较地阔绰）。但是这个老头儿不愿白吃女儿的，自愿每星期替他们的这个“flat”大扫除一次，揩玻璃窗，刷地板等。在外国这类工作并不轻便，因为各房间里的地毯都须搬开，桌椅等等都须移开，门窗、房角都须细细地揩拭一遍，每个房间往往要费到一小时的时间，是一件很吃力的事情，但是这老头儿自愿要这样干，这样干了之后，他的女儿每星期给他一些费用，他才肯受。这样的态度，在我们素重家族主义的东方人看来，简直不易了解！在西洋这类例子很多，父母子女的关系不过如此，兄弟姊妹的关系更可想见了。这种独立观念，就某种意义说，不能不算是一种"美德"——至少在力求自食其力而不肯累人一点上很可贵。但是在另一方面看，各人只在个人主义里兜圈子，不曾顾到社会的集团的利益，听任剥削制度的社会存在着，势必致于虽有独立观念而无法维持的时候，虽欲做工而无工可做的时候；平日辛勤做工，到老做不动时还须拖着命做，那些有剥削工具握在掌握的人，却可以不劳而获地一生享受不尽。

其次可附带谈谈英国妇女的地位。自世界大战后，英国妇女在职业界的地位似乎增高了不少，有女议员，有女律师，有女教授，乃至有过女阁员，但是这仅是在最上层的少数的人物，我们如移转注意到一般劳动妇女的情形，便可见她们还大多数在挣扎的生活中。据英国鼎鼎大名的女议员阿斯特（Lady Astor）在最近演辞中所说，英国妇女做工赚工资的有六百万人，其中已结婚的约一百万人。有许多妇女加入工作，似乎是好现象，但如仔细一研究，便知有两大原因：一是由于资本家利用"贱工"，妇女们的工资可以特别低；

一是由于近几年来一般失业的日渐尖锐化——尤其是已往的三年以来——妇女不得不出来找工作做，以勉强支持家计。英国资本家看见世界不景气，为顾全利润计，便尽量利用贱价的女工，这是可于英国劳工统计中看出来的，至一九三〇年为止的已往五年间，男工没有变动，女工增加了百分之二十，其趋势可以概见。据劳工调查所所报告，在有的地方，一家里面，男的得不到工，只有女子在做工。她们麇集到工厂里去，一天忙到晚，每星期约得十三先令（一般工资在两镑左右，即四十先令左右）。在限制失业救济金的法令"全家总收入调查法"未实行以前，她们每人还可留下一两先令做自己的零用费，自从该律实行之后，家属里男子（例如女工的父亲）的失业救济金，因为女子得工，要相当地核减，她们便须"涓滴归公"来养家人，窘苦更加剧了。有个钢铁厂的利用女工，那就更厉害！该厂只有十五岁的女子，每星期只出十三先令九个便士。等她们满了十六岁，便把她们解除，换用新的女子。这些女子尽量受雇主剥削两年，后来嫌贵，便被解除。据说实行此法比换新机器容易，因为新机器还要花钱去买，新女子便堆在门口听你使用！

女店员或女侍者每天工作十小时以上，每星期工资亦多在三十先令以下。例如规模很大的武尔华斯（Woolworth）商店（美国大富豪在英国开的支店），雇用女店员很多，每天工作从上午八点半到下午八点，工作十一小时之久，每星期仅有二十七先令的工资。照她们普通的生活程度，每星期每人的膳宿须一镑左右，余下七八先令，如何够零用，衣服更不必说了，如再须挖出助家，苦况更可想！而这个公司的老板于去年十一月间因女儿成年，先给以三分之一的遗产，即在一万万金圆以上，约合二百万金镑！这里面就不知道含有多少女店员的血汗！

但是经济恐慌一天一天地进展着，加紧剥削还不能维持资本家的利润，于是更出于裁员。由内地因失业或家境困难而跑到伦敦做店员或侍者的女子，被裁之后，经过一番艰苦的挣扎而仍无法生存的时候，便沦入私娼的漩涡里面去。

记者最近有一天傍晚在伦敦蜡人馆（Madame Tussand's Exhibition）参观完了出来，就在附近一个饭馆里吃晚饭。一看规模非常的大，女侍者数十成群，招呼我的那个女侍者年纪很轻，妩媚玲珑，活泼愉快，那个脸总是现着笑容；这时候还早，客人不多，她刚巧立在我的桌旁闲着，我见她那副欣然的态度，便乘便问她："你在这里工作很快乐吗？"她微笑着说："表面上似乎快乐，心里不快乐。"我问："为什么呢？"她倒很坦白，告诉我这样的情形：她说前两个月这个大饭馆里才裁去近百的同事，都是女侍者，虽在目前每星期可领到失业救济金十五先令，但仅敷房金，衣食无着；

在这些已裁去的女侍者里面有个和她最好的朋友，老实告诉她，说她（指女友）最初还幸而有个熟悉的女裁缝每星期给些零碎的缝纫工作叫她（女友）做，略得津贴，但因不景气，这零碎的工作也减少，最近她（女友）每星期不得不有两晚到街上去找“男朋友”过夜。我问她，“自愿去找‘男朋友’过夜，有什么不快乐的事情？”她皱着眉说：“哦！不！不是真朋友，陪人过夜得些收入罢了！”我才知道究是什么一回事！这种为着生计所迫，虽欲做工而无工可做，万不得已，把身体当商品出卖，是多么苦痛的事情！这又是谁的罪恶？

据这个女侍者说，她所听到的这类事实还多着哩，怪不得她觉得“心里不快乐”。

妇女问题与东方文明等

周作人

妇女问题是全人类的问题，不单是关于女性的问题。英国凯本德（E.Carpenter）曾说过，妇女运动不能与劳工运动分离，这实在是社会主义中之一部分，如不达到纯正的共产社会时，妇女问题终不能彻底解决。无论政治改革到怎样，但如妇女在妊孕生产时不能得政府的扶助，或在平时尚有失业之虑，结果不能不求男子的供养，则种种形相的卖淫与奴隶生活仍不能免，与资本主义时代无异。苏俄现任驻诺威公使科隆泰（A.Kollontai）女士在所著小说《姊妹》一篇里描写这种情形，很是明白。在俄国，妇女的地位还是与世界各国相同，她如不肯服从那依旧专横的丈夫，容忍他酗酒或引娼女进家里来，她便只好独自走出去，去做那娼女的姊妹，因为此外无职业可就。这样看来，妇女问题的根本解决在此刻简直是不可能。

这个年头儿，本来也不必讲什么太理想的话，太理想容易近于过激，所以还是来“卑之，无甚高论”罢。在此刻讲妇女问题，就可讲的范围去讲，实在只有“缝穷”之一法，这就是说在破烂的旧社会上打上几个补钉而已。女子的职业开放，权利平等，（选举及从政权，遗产承受权等，）这自然都是很好的，一面是妇女问题的部分的改造，一面也确可以使妇女生活渐进于自由。但我所想说的，却在还要抽象的一方面，虽是比较地不切实，其实还比较地重要一点，因为我觉得中国妇女运动之不发达实由于女子之缺少自觉，而其原因又在于思想之不通彻，故思想改革实为现今最应重视的一件事。这自然，我的意思是偏于智识阶级的一边，一切运动多由他们发起煽动，已是既往的事实，大众本是最“安分守己”的，他的理想世界还是在辛亥以前。如没有人去叫他，一直还是愿意这样睡下去的；智识阶级无论是否即将被“奥伏赫变”的东西，总之这是他们的责任。去叫醒别人，最初自然须得先使自己觉醒。我所说的便是关于这自己觉醒的问题，也即是青年的思想改革。

第一重要的事，青年必须打破什么东方文明的观念。自从不知是那一位梁先生高唱东方文明的赞美歌以来，许多遗老遗少随声附和，到处宣传，以致青年耳濡目染，也中了这个毒，以为天下真有两种文明，东方是精神的，西方是物质的，而精神则优于物质，故东方文化实为天下至宝，中国可亡，此宝永存。这种幼稚的夸大也有天真烂漫之处，本可以一笑了之，唯其影响所及，不独拒绝外来文化，成为思想上的闭关，而且结果变成复古与守旧，使已经动摇之旧制度旧礼教得了这个护符，又能支持下去了。就是照事实上说来，东方文明这种说法也是不通的。他们见了佛陀之说寂灭，老庄之说虚无，孔孟之说仁义，与泰西的舰坚炮利很是不同，便以为东西文化有精神物质之殊；其实在东方之中，佛老或者可以说是精神的，（假如这个名词可通，）孔孟则是专言人事的实际家，其所最注意的即是这个物质的人生，而西方也有他们的基督教，虽是犹太的根苗，却生长在希腊罗马的土与空气里，完全是欧化了的宗教，其“精神的”之处恐怕迥非华人所能及，一方面为泰西物质文明的始基之希腊文化则又有许多地方与中国思想极相近，亚列士多德一路的格致家我们的确惭愧没有，但如梭格拉第之与儒家，衣壁鸠鲁之与道家，画廊派（Stoics）之与墨家，就是不去征引蔡子民先生的话，也可以说是不少共通之点。其实这些议论都是废话，人类只是一个，文明也只是一个，其间大同小异，正如人的性情支体一般，无论怎样变化，总不会眼睛生到背后去，或者会得贪死恶生的吧？那些人强生分别，妄自尊大，有如自称黄种得中央戊己土之颜色，比别的都要尊贵，未免可笑。又从别一方面说，人生各种活动大抵是生的意志之一种表现，所以世间没有真的出世法，自迎蛇拜龟，吐纳静坐，以至耶之永生，佛之永寂，以至各主义者之欲建天国于此秽土之上，几乎都是这个意思，不过手段略有不同罢了。讲到这里，便有点分不出那个是物质的，那个是精神的。总之，这东方文明的礼赞完全是一种谬论或是误解，我们应当理解明白，不要人云亦云地当作时髦话讲，否则不但于事实不合，而且谬种流传，为害非浅，家族主义与封建思想都将兴盛起来，成为反动时代的起头了。

其次也就是末了的一件事，即是科学思想的养成。我们无论做什么事情，科学思想都是不可少的，但在妇女问题研究上尤其要紧。我尝想，孔子说“唯女子与小人为难养也”，不过是据他的观察而论事实，只要事实改变，这便成了虚论，不若佛道教的不净观之为害尤甚，民间迷信不必说了，就是后来的礼教在表面上经过儒家的修改，仿佛是合理的礼节，实在还是以原始道教即萨满教 Shamanism（本当译作沙门教，恐与佛教相混，故从改译）为基本，凡是关于两性间的旧道德禁戒几乎什九可以求出迷信的原义来。要破除这种迷信与礼教，非去求助于科学知识不可，法律可以废除这些表面的形迹，但只有科学之光才能灭它内中的根株。还有，直视事实的勇气，我们也很缺乏，非从科学训练中去求得不可。中国近来讲主义与问题的人都不免太浪漫一点，他们做着粉红色的梦，硬不肯承认说帐子外有黑暗。譬如谈革命文学的朋友便最怕的是人生的黑暗，有还是让它有着，只是没有这勇气去看，并且没有勇气去说，他们尽嚷着光明到来了，农民都觉醒了，明天便是世界大革命！至于农民实际生活是怎样的蒙昧，卑劣，自私，那是决不准说，说了即是有产阶级的诅咒。关于妇女问题也有相似的现象，男子方面有时视女子若恶魔，有时视若天使，女子方面有时自视如玩具，有时又视如帝王，但这恐怕都不是真相吧？人到底是奇怪的东西，一面有神人似的光辉，一面也有走兽似的嗜好，要能够睁大了眼冷静地看着的人才能了解这人与其生活的真相。研究妇人问题的人必须有这个勇气，考察盾的两面，人类与两性的本性及诸相，对于什说都不出惊，这才能够加以适当地判断与解决。关于恋爱问题尤非有这个眼光不可，否则如科隆泰女士小说《三种恋爱》中所说必苦于不能理解。不过，中国现社会还是中世纪状态，像书中祖母的恋爱还有点过于时新，不必说别的了；总之，即使不讲太理想的话，养成科学思想也仍是很有益的事吧？——病后不能作文章，今日勉强写这一篇，恐怕很有些胡涂的地方。

月经

曹聚仁

很久以前，在一本谈物理的书上，看到月经的起源说。我们的老祖宗在洞里住的时候，夜黑风大，躲着不敢出来。遇到天晴月圆，才出洞疏散疏散，久而久之，影响到女人的月经，跟着月亮的圆缺，非每月行一次不可。花前月下，方有才子佳人的故事，老祖宗成法如此；此姻缘之成就，所以归功于月下老人也！

不成文的普遍信条，月经属于不祥秽物之类。月经既行，秤、尺、斗等应用物品绝对不许女人跨过。某车夫因为车垫给女客污染了，洗涤以后，再烧串纸锭以祓不祥。月经的污血，大概是毒气弹，会随处传播不祥的。有神秘之讳忌乃有神秘之效用。葡萄牙人所输入的红衣炮，明崇祯间已实际在战事上应用。破红衣炮的唯一妙物，就是女人的月经布；满城高挂，炮弹不飞，炮身自裂，相传效用如神。月经又可以避雷，某逆妇殴辱翁姑，罪孽通天，遣雷公下凡殛杀；逆妇取秽布盖头，雷不敢击。精神文明的国粹家，救世有心，正可以编著一本月经物理学月经化学。

月经，目可得见，口不可得言，笔更不可得而写，其势然也。摩登仕女高跟托托，旗袍飘飘，应乐声能作狐步之舞。然谈及月经，未有不面红耳赤者，其观念与烧纸锭祓不祥的车夫并无分别。自五四运动以来，妇女运动喊得震天价响，丝毫没有效果，人不解其故。我说：只要看月经仍保持神秘的意义，即不到城隍庙看密司拜菩萨，已可断定妇女运动的命运了！

花瓶时代

庐隐

这不能不感谢上苍，它竟大发慈悲，感动了这个世界上傲岸自尊的男人，高抬贵手，把妇女释放了，从奴隶阶级中解放了出来。现代的妇女，大可扬眉吐气地走着她们花瓶时代的红运，虽然花瓶，还只是一件玩艺儿，不过比起从前被锁在大门以内作执箕帚，和泄欲制造孩子的机器，似乎多少差强人意吧！

至少花瓶是一种比较精致的器具，可以装饰在堂皇富丽的大厅里，银行的柜台畔，办公室的桌子上，可以引起男人们超凡入圣的美感，把男人们堕落的灵魂，从十八层地狱中，提上人世界；有时男人们工作疲倦了，正要咒诅生活的枯燥，乃一举眼视线不偏不倚的，投射到花瓶上，全身紧张着的神经松了，趣味油然而生。这不是花瓶的价值和对人类的贡献吗？唉，花瓶究竟不是等闲物呀！

但是花瓶们，且慢趾高气扬，你就是一只被诗人济慈所歌颂过的古希腊名贵的花瓶，说不定有一天，要被这些欣赏而鼓舞着你们的男人们，嫌你们中看不中吃，砰的一声把你们摔得粉碎呢！

所以这个花瓶的命运，究竟太悲惨；你们要想自救，只有自己决心把这花瓶的时代毁灭，苦苦修行，再入轮回，得个人身，才有办法。而这种苦修全靠自我的觉醒。不能再妄想从男人们那里求乞恩惠，如果男人们的心胸，能如你们所想像的，伟大无私，那么，这世界上的一切幻梦，都将成为事实了！而且男人们的故示宽大，正足使你们毁灭，不要再装腔作势，搔首弄姿地在男人面前自命不凡吧！花瓶的时代，正是暴露人类的羞辱与愚蠢呵！

欧洲古代文学上的妇女观

周作人

一

欧洲文学的渊源，本有三支，一是希伯来思想，二是希腊思想，三是中古的传奇思想。这三种潮流本来各自消长，不相一致，到了文艺复兴时代（十五六世纪）方才会合起来，便成了近代欧洲文学的基本。我们现在所说，只是古代的情形，包含上古中古在内，那时这几种潮流还未会合，所以我们也将他分作三节，把最显著的几点极简单地说一说。

古代希伯来文学留传在今日的，便是一部《旧约》。《旧约》本是犹太教及基督教的圣书，但经了历史批评的研究，知道这一部圣书实在是国民文学的总集，里边有历史法律哲学，有诗歌小说，并非单纯的教典。本来宗教的著作都可以作抒情诗观，各派的圣书也多是国民文学的总集，如中国的五经便是一例，不过《旧约》整理得最完全罢了。《旧约》里关于妇女的记述，第一显著的要算《创世记》中夏娃的故事。

“耶和华上帝就用那人身上所取的肋骨，造成一个女人，领他到那人跟前。那人说，这是我骨中的骨，肉中的肉，可以称他为女人，因为他是从男人身上取出来的。因此，人要离开父母，与妻子连合，二人成为一体。”**创第二章第二二至二四节**

这用亚当肋骨造成的，便是最先的女人夏娃。后来她听了蛇的诱惑，吃了智慧的果子，上帝将他们夫妻二人逐出伊甸乐园。

“耶和华上帝……又对女人说，我必多多加增你怀胎的苦楚，你生产儿女必多受苦楚，你必恋慕你丈夫，你丈夫必管辖你。又对亚当说，你既听从妻子的话，吃了我所吩咐你不可吃的那树上的果子，地必为你的缘故受咒诅，你必终身劳苦，才能从地里得吃的。地必给你长出荆棘蒺藜来，你也要吃田间的菜蔬。你必汗流满面才得糊口，直到你归了土，因为你是从土而出的；你本是尘土，仍要归于尘土。”**第三章十六至十九节**

以上男女创造的神话，当时当作神授的经训，历史的事实，原有很可非难的地方，但是现在大家既然承认他只是古代的传说，我们从思想上去考察他，却也有许多兴味。世界造成的始末，原是一切的人所想知道的，所以各民族间都有一种创世的神话。但是还有几个问题更为切要，如性的牵引，人生的辛劳苦楚，在古人的心目中都很神秘，不容易了解，于是只好用神话来说明他，上文所引的便正是这一类的起原的神话（Aitiological Myths）。农业的辛劳，女人生育的苦楚的起原，他们便用了夏娃的故事去做解释。两性的神秘的牵引，他们自然更不明了，所以也是那样解释；这肋骨的话看去虽然很是粗鄙，但在类似的传说中却是比较地更有意义，近代的许多性的神秘主义的新思想，还是从此而出的。见本文第三节。男性的强烈容易感受异性的激刺，古时的人便倒果为因地归罪于女性的诱惑；女性的成年又归罪于蛇的诱惑，在古代及野蛮民族里，以月经为蛇或魔鬼的作为的思想，甚是习见：这是对于那故事的学术的说明。至于女人的被轻视，乃是弱性（Weaker Sex）必然的运命，而且古代著作都出于男子之手，又在那样的时代，原是不足怪的了。

《旧约》里几篇历史上所描写的犹太社会，大半还是家长制度时情形，英国伯列（Bury）教授在《思想自由史》上说他反映出低级的文明，里面还充满着野蛮的习惯。他们的

共通的信仰是人皆有罪，因此便发生祭祀与洁净两种思想。《利未记》一篇记得很是仔细，关于妇女的是这样说，

“若有妇人怀孕生男孩，他就不洁净七天，像在月经污秽的日子不洁净一样……他若生女孩，就不洁净两个七天。”利第十二章二又五节

再并第十五章十八节以下看起来，希伯来的禁欲思想差不多已很明显了。《新约》虽然是用希腊文写的，但实在仍是希伯来思想的典册。《马太福音》里说，

“门徒对耶稣说，人和妻子既是这样，倒不如不娶。耶稣说，这话不是人都能领受的，惟独赐给谁，谁才能领受。因为有生来是阉人，也有被人阉的，并有为天国的缘故自阉的，这话谁能领受，就可以领受。”太第十九章十至十二节

耶稣在福音里虽然没有正式地宣示，但是以独身为正的意思，已经即此可见。他在迦拿赴婚宴的时候，对他的母亲说，

“妇人，我与你有什么相干。”约第二章四节

这句话里无论藏着怎样的奥义，我们只照文字解说，拿来作希伯来思想的妇人观的题词，没有什么不适当的地方。

《旧约》里纯文学方面，有两篇小说，都用女主人公的名字作篇名，是古文学中难得的作品，这便是《以斯帖记》和《路得记》。以斯帖利用她的波斯王后的地位，破坏波斯大臣哈曼的阴谋，救了犹太一族的灭亡。路得是摩押族的女

子，嫁与犹太人为妻，夫死无子，侍奉老姑回到伯利恒，后来依了犹太旧律，嫁给亲族中的波阿斯，便是大卫王的先祖。这两篇都是二千二百年前所作，艺术上很有价值，《以斯帖记》有戏剧的曲折，《路得记》有牧歌的优美。两个女主人公也正是当时犹太的理想中模范妇人，是以自己全人供奉家族民族的人，还不是顾念丈夫和儿子的贤妻良母，更不是后来的有独立人格的女子了。

《旧约》里的《雅歌》八章，是一种特别的作品。从来的注释者都将他作宗教诗看，说是借了爱情表现灵魂与教会的关系的，但近来批评研究，才知道这实在是普通的恋爱歌，并没有别的奥义。英国摩尔敦（Moulton）教授等以为他是一篇牧歌，所叙的是所罗门王的事。但美国谟尔（G.F.Moore）博士说这是结婚时所唱的情歌的总集，所罗门不过是新郎的一种美称，这话似乎更为确实。《雅歌》中有一节道，

“求你将我放在你心上如印记，带在你臂上如戳记，因为爱情如死之坚强，嫉恨如阴间之残忍。所发出的电光，是火焰的电光，是耶和华的烈焰。爱情，众水不能息灭，大水也不能没。”**歌第八章六至七节**

我们看了这歌，觉得在禁欲思想的希伯来文学中，也有这样热烈的恋爱诗，仿佛很是奇异，但因此也可以得到一个教训，知道人性里灵肉二元原是并存，并不是可以偏废的了。

二

希腊思想普通被称作现世主义的思想，与希伯来的正相对抗，但他文学上的妇女观，并不见得比犹太更为高上。这也是时代使然，英国西蒙士（Symonds）说，“希腊的对于妇女的轻蔑，指示出他们光辉的但是不完全的文明上的一个最大的社会的污点”，批评得很是适当。不过因为这是根于社会制度，并不从宗教信仰而来的，所以如《利未记》中所说的那种思想也就没有。希腊的宗教并不禁忌妇人，有几种女神的崇拜还有专用女祭司的，至于女子的歌队舞队更是很普通的了。

希腊的女人创造传说，在海希阿陀思（Hesiodos）的诗里，便是有名的般陀拉（Pandora）的故事。普洛美透思（Prometheus 意云先见）与他的兄弟遏比美透思（Epimetheus 后见）共造万物及人类，但是因为普洛美透思过于袒护人类，大神宙斯（Zeus）对他生了仇恨，想设法陷害他们。他命锻冶之神依照女神的式样造了一个女人，却放上一颗狗的心肝，然后叫众神大家资助，给她一切的技艺与美，便称她为般陀拉，意思就是“众赐”。大神将她送去给普洛美透思，但他知道宙斯的计画，辞谢不受，又去送给他的兄弟，遏比美透思便收受了，娶她为妻。般陀拉有一个箱子，是神给她的，嘱咐不可开看；她的好奇心却引诱她破了这个戒约，箱盖一启，里面关着的罪恶辛苦疾病，都飞了出去，只剩了一个希望，当她慌忙放下箱盖的时候，被关在里边，不曾飞出。自此以后，人生便多不幸，没有希望了。希腊的传说虽然也说人间病苦的原因，起于女子，但与希伯来不同，因为他不曾含有以女子为不净的观念，他的对于女子的轻蔑，只是从事实上得来，不过是男尊女卑的社会里一种平常的态度罢了。般陀拉虽然称是最初的女人，但是以前已有人类；至于未有女人以前的人类怎样地衍续下来，这一个难解的问题，诗人却未曾说及。

诃美洛斯（Homeros 或译荷马）两篇史诗，本是叙英雄战争冒险的事，但女人也颇占重要的位置，如《伊里恩的诗》（*Ilias* 通俗称 *Iliad*）里的安特洛玛该（Andromakhe）及《阿迭修斯的诗》（*Odysseia* 通称 *Odyssey*）里的沛纳洛贝（Penelope），都是世间模范的贤妇，描写得很有同情。还有造成伊里恩大战争的海伦纳（Helene），在道德上本来很有可以非难的地方了，**她本是斯巴达王后，随了伊里恩王子逃走，斯巴达王号召希腊各邦来攻伊里恩，苦战十年，才将这座城攻破了。**但是希腊诗人对于她也很是宽容，并没有加上什么破家倾国这些称号；有人还做了辨正，说跟了伊里恩王子去的只是她的影象，自己却隐居在埃及。我们从这里很可以看出希腊的特有的精神。平民诗人像海希阿陀思的人，很透彻地看见人世的苦辛，所以不免将苦味连带地加到弱性上去；但他们又是现世思想的，尚美享乐的民族，他们的神祠里有威严的大神，也有恋爱女神亚孚罗迭推（Aphrodite）。他们以海伦纳为美的化身，常住的青春的实体，恋爱女神的表现，因此自然发生一种尊崇的感情。等到雅典文学时代，悲剧诗人多喜在神话传说上，加上一层道德的解释，于是海伦纳的生平又不免有许多缺憾发现了。

史诗时代以后，诗歌很是发达，但纯粹的抒情诗不很盛，最多的是格言诗讽刺诗及仪式上用的合唱的歌。我们在这三种诗的性质上，可以豫料他对于妇女恋爱等的题目，未必有赞美的话。格言及讽刺诗在文学的谱系上，从海希阿陀思派史诗出来，与后来的戏剧及哲学相接联；在这样的常识的文艺作品上，感情当然不能占什么重要的位置；从当时的常识看来，妇女自然是弱性，结婚只是买卖了。合唱歌原系祭祀竞技等时的歌曲，于是一方面关系也就较少。我们现在从讽刺诗里举出两个例来，可以见其一斑。舍摩尼台斯（Semonides）有一首一百十九行的长诗，形容十类的女人，用十种物事做比喻。他起首说，

“最初神造女人的心，成种种不同的性质。他造一种人，像硬毛的猪。她的家里各物凌乱，沾染污泥，在地上乱滚。她自己也污秽，穿着不洗的衣服，坐着，在粪堆里肥壮起来。”

其次列举狐，狗，泥，海水，驴，鼬，马，猴为比，最后一种是蜜蜂，是唯一的良妻了，但他还总结一句说，

“宙斯造了这最上的恶，——便是女人；他们好像是好的，但你去得了来的时候，她便变了祸祟。”

他的话可以算是苛酷了，可是还不能比“辣诗人”息坡那克思（Hipponax）的这两句诗：

> 女人给男子两个快乐的日子，
>
> 在她结婚及出丧的时候。

希腊的抒情诗虽然流存得很少，但因为有一个女诗人萨普福（Sappho），便占了世界第一的位置。她是列色波思（Lesbos）岛的人；原来住在那边的希腊人属于爱阿里亚族，文化最高，风气也最开通，女子同男人一样的受教育，可以自由交际，不像雅典的将女子关在家里，作奴隶看待，也不像斯巴达的专重体育，只期望她生育强健的子女；所以列色波思当时很多女诗人，大家时常聚会，仿佛同后来雅典的哲学家讲学一样，萨普福便是这样团体里的领袖。她的古今无比的热烈的恋爱诗，历来招了许多的误解，到了四世纪的时候，法王命令将她的诗集和别的所谓异教诗人的著作，一并烧了；因了这回热心的卫道的结果，我们所能看见的女诗人的遗作，只剩了古代文法字典上所引用的断片，一总不

过百二十则，其中略成篇章的不及什一了。但便是这一点断片，也正如《希腊诗选》的编者 Meleagros 说，“花虽不多，都是蔷薇。”她的恋爱诗第一有名的是《寄所爱》（“Eis Eromenan”**此字系女性**），只是极不容易译。我们现在抄译几则短句，也可以知道她的恋爱的意见了。

爱（Eros）摇我的心，如山风落在栎树的中间。**断片四二**

爱摇动我，——融化支体的爱，苦甜，不可抗的物。**同四十**

这苦甜（原语是甜苦 Glykypikron）一句话，便成了后来许多诗人的爱用语。下列的两行，却又似柏拉图（Plato）的哲学问答里的话了。

看了美的人，必是善的，

善的也就将要美了。**断片百一**

希腊戏剧起源于宗教，他的材料差不多限于神话及英雄传说；但是戏曲家的作法和思想逐渐改变，所以在这范围内也就生出差异来了。最初的悲剧家爱斯吉洛思（Aeschylus）用了他虔敬的宗教思想，解释传说的意义，他的悲剧里的妇女（其实连男子也是如此）都不过是所谓上帝的傀儡，如遏来克忒拉（Elektra）的为父复仇，许沛美斯忒拉（Hypermestra）的背父从夫，一样的是神意，没有个人的自由意志。所福克来斯（Sophokles）不管这些宗教和道德上的意义，只依了普通的心理，描写古时的事情，剧里的女性更有独立的性格了；如安谛戈纳（Antigone）因为葬兄得罪，甘心就死，做了英雄的事，实际上却仍是一个温和的弱女子，并不是人情以外的女英雄，他的艺术更精美了。但思想最特别的，要算是欧立比台斯（Euripides）。他生在二千四百年前，思想却很进步，凭了理性，批评传统的伦理，欧洲人常将他比现代英国戏剧家伯纳萧（Bernard Shaw）。他的剧里多描写世间所谓恶德的女人，所以被称为憎恶女性者（Misogynistes），其实是正反对的，他对于他们很有同情，或者还有多少的辩护。譬如美代亚（Medea）因其夫他娶，用法术谋害新妇，又杀了自己的子女，驾飞龙车逃去；又法特拉 （Phaidia）爱前妻之子，被他拒绝，便诬陷他致死，随后她也悔恨自杀。这两个人，在平常的眼光看来都是恶妇了；但欧立比台斯知道“爱情如死之坚强，嫉恨如阴间之残忍”，共同的人性到处存在，只因机缘凑合，不幸便发生悲剧，正如星星的火都有燎原的可能性，不过有的不曾遇风，所以无事罢了。理想的悲剧能够使人体会剧里人物的运命，感到悲哀，又省察自己的共同的人性，对于将来感到恐怖：欧立比台斯的著作可以当得这个名称。他的剧里也有淑女，如亚尔开谛思（Alkestis）替丈夫的死，但我们所感到的不单是她的贞诚勇敢，却多看出她丈夫的利己与卑怯，这又是作者的手段与他的微意之所在了。

希腊悲剧这题目很是广大，现今只就关于妇人问题的略略一说；至于喜剧因为流传得很少，又性质上原是一种讽刺的俗曲，对于妇女大抵都是讥笑的态度，与讽刺诗人相似，所以现在也不再说及了。

三

中古时代的思潮，以基督教为本，因了社会情状的关系，生出种种变化，如骑士制度，圣母崇拜等，错杂起来便造成中世的传奇思想。基督教本是希伯来思想的嫡裔，但经过耶稣的修改，对于妇女的严厉的意见，已经宽缓一点了。但到使徒的手里，不免又苛刻了许多，而且教会的作止规条逐渐制定，于是摩西的精神重复得势了。如圣保罗说，

“你们当顺着圣灵而行，就不成就肉体的情欲了。因为情欲和圣灵相争，圣灵和情欲相争。”**《加拉太书》第五章十六至十七节**

“那些属基督的人，是已经把肉体，连肉体的邪情私欲，同钉在十字架上了。”**又第二十四节**

“男不近女倒好。”**哥前第七章一节**

这个禁欲思想，直到路德出现为止，很占势力。这原是理想的出世法，但对于世间法他也有这几种教训。

“叫自己的处女出嫁是好，不叫她出嫁更是好。”**哥前第七章三十八节**

“各人的头就是基督，女人的头就是男人。”**又第十一章三节**

“女人要沉静学习，一味地顺服。我不许女人讲道，也不许她辖管男人，只要沉静。因为先造的是亚当，后造的是夏娃。且不是亚当被引诱，乃是女人被引诱，陷在罪过里。”**提前第二章十一至十四节**

“并且男人不是为女人造的，女人乃是为男人造的。”**哥前第十一章九节**

“他们**指女人**总要顺服，正如律法所说的。”**又第十四章三十四节**

以后教会的神父便更变本加厉，又因了当时罗马王朝侈华恣肆的反动，造成极端的厌世憎女的思想。台土利安（Tertullian）说，

“女人！你应该穿着丧服破衣走，你的眼里满盛哀悔之泪，使人们忘记你是人种的祸祟。女人！你是地狱的门。”

“人必当独身，纵使人种因此而绝灭。”

圣奥古斯丁（Augustine）说，

“独身者将在天上辉耀，如光芒的众星；生他们的父母却像无光的星。”

阿列根（Origen）说，

“结婚是非神圣而且不洁，是私欲的一种方法。”

他这样说，也便实行他的主义，自宫以避诱惑了。**以上多据德人倍贝尔《妇人论》中所引。**这样下去，非人情的禁欲主义，差不多完全主宰了世界。到六世纪玛松（Maçon）会议，遂有女人有无灵魂与人格的讨论，他的结果是大多数的否决！

但是六世纪以后，欧洲政教的形势也逐渐改变了。罗马东迁，小国纷纷建立，遂成封建制度；新兴民族受了教会热心的劝导，也都转为基督教徒，于是圣母崇拜突然兴起，和封建底下的骑士制度联合，造成那种传奇的妇女崇拜。原来欧洲各民族在未受基督教的洗礼以前，各有他们自己的宗教，教会虽然使他们在仪式上改了宗，但是根柢上的异教思想，一时不能变换；所以教会里用了剿抚兼施的办法，一面将势力较小的诸神悉数打倒，并入地狱里，做撒但的部下；一面却将在民间占有势力的诸神提拔起来，改换名称，分配作古代的圣徒，如海神变为圣尼古拉之类。余下一个最大的女神，南欧的亚孚罗迪推（Aphrodite）或威奴思（Venus），北欧的遏陀（Edda）或弗勒雅（Freyja），都是代表女性体用的大神，生气的宗教之主体，便被改作圣母；于是以前不大被人尊重的圣马理亚，至此遂成了普遍的崇拜了。

骑士制度的完成，却纯是政治上的关系。一国的王并不是直接地统辖臣民，藉了租税力役，保守他的国土；他将土地分封给人，为侯伯等，有事的时候，便专靠他们的帮助。侯伯等诸贵族又招养许多武士，替他们出力，因为武士都是擐甲骑马，所以称作骑士。这骑士制度实在只是一种主仆关系，武士这一字英国作 Knight，本有仆役的意思；不过他是仆而非奴，故地位稍为尊严，也较自由。但是他仆役的职务，原是存在，对于他的主人，有绝对忠顺的义务。他的主人在宗教上有神的父子及圣母，在政治上有王与直接的主君——及主母。因为主君有时以战争外交种种关系，暂时离家，他的统治城堡的威权，便由他的妻来代表，所以贵族的夫人们，在他们属地内也得了极大的尊崇。有这圣母与主母两重的崇拜正在流行，一般女性的价值，就因之增高。在一方面游行骑士的训条，于为宗教及主君尽忠之外，又誓言尊敬妇女，一方面骑士文学的恋爱歌，也渐以发生了。

［关于中世尊重妇女的事业，颇有疑问。德国倍贝尔（A.Bebel）便极不相信，在《妇人论》第一分卷中云，“空想的传奇派与有心计的人们，努力地想将这个时期十二至十四世纪当作道德的时代，真诚地尊敬妇女的时代。……其实这

时候，正是极凶的私刑法的时代，一切组织都散漫了，武士制度差不多变了路劫强盗和放火的职业。这样行着最残暴的凶行的时代，决不适宜于温柔与诗的感情的发达，而且他反将当初存在的，那一点对于女性的敬意，毁坏净尽了。……”这就事实上说，当然是如此，但我们可以确说，在文艺上当初曾有这一种思想的表现，便是倍贝尔自己也原是这样说。]

骑士文学的发生，我们可以将他称为人们对于女性的解放的初步。在异教时代，男女可以自由的歌咏恋爱的甜苦；基督教来了，把人类的本能统统抹杀，他们虽然照旧结婚生殖，但如圣耶隆姆（Jerome）说，

“结婚至好也是一件恶行，我们只能替他强辩，替他袚除。”

所以世间以为男女关系是不得已的污恶，不是可以高言的，更无论咏叹了。**因这污恶的观念，养成一种玩世态度，作放纵的诗歌的，是禁欲思想的别一方面的当然的果实。**到了这时代，女性以圣母和主母的两种形式，重复出现于世，潜伏着的永久的人性，在诗人胸中觉醒过来，续唱他未了的歌，正是自然的事。但是这两个女性的代表，虽然同是女人，却都有神圣威严围绕着，带着不可逼视的光芒，诗人的爱于是也自然地离了肉体，近于精神，差不多便替文艺复兴时代的“柏拉图的爱（Platonic Love）做了先驱了。

骑士文学的发达，是逐渐的。最初是史诗的复活，藉了十字军护教的英雄，咏叹人生的活动，先是叙战争，次叙冒险，随后叙恋爱；先是专讲正教的人物，其后也渐及异教。但这都是叙事一面，到了普洛凡斯（Provence）文学兴起，于是抒情诗遂占势力，恋爱成了诗中的主题。这个倾向，在欧洲文学界上本来是共通的，普洛凡斯即法国南部一带地处南方，思想又较自由，所以首先发现；他的影响渐渐由南而北，遂遍西欧。普洛凡斯的这种诗人，特别有一种名称，叫作忒洛巴陀耳（Troubadour），多是武士或贵族出身。他们诗里的主旨是爱，——对于神及女人之爱。但是两者几乎有混同的倾向，因为忒洛巴陀耳的恋爱的对象都是已婚的主妇，并非处女，诗中只有爱慕而无欲求，也没有结婚的愿望。这个原因，上面已经说及，便是这里的所谓恋爱，并非平等关系，乃是从主仆关系出来的，所以诗中的爱人在实际是威严的主母，与圣母之可仰而不可即仿佛一样。诗人的“恋爱的服务”（Service of Love），先为诗歌的请求，倘主母许可，正式的与以接吻及指环等亲身之物，以为印证，以后便承受他的诗的赞美。这恋爱的服务虽然因为公认恋爱，可以说是人性解放的初步，却还受各种束缚，有许多非人情的地方，他们所爱的既然是一个神圣的偶像，——圣母或主母——诗中的恋爱因此也自然是理论而非经验，是理想上的当然而非人情上的必然：这正是不得已的缺点。理论的恋爱虽然可以剖析得很是微妙，但没有实际的无穷的变化，所以忒洛巴陀耳的诗只以巧妙胜，不以真挚胜。英国且德（H.J.Chaytor）在所著《忒洛巴陀耳》（*The Troubadours*）中总叙这类恋爱诗的要旨云，

“诗人首先赞美其所爱者；她在肉体上精神上都是完全，她的美照耀暗夜，她的出现能使病者愈，使悲者喜，使粗暴者有礼，等等。诗人的对于她的爱与贞壹是无限的：和她分离将比死更坏，她的死将使世界无欢，而且他欠她一切所有的善或美的思想。这只为她的缘故，他才能够歌吟。与其从别人受到最高的恩惠，他宁可在她手里受无论怎样的苦痛和责罚。……这个热情变化了他的性质：他是一个比先前更好更强的人，预备饶恕他的仇敌，忍受一切肉体的艰苦；冬天在他同愉快的春天一样，冰雪像是柔软的草地和开花的原野。但是如或不见还报，他的热情将毁灭他；他失了自制，同他说话也不听见，不能吃，不能睡，渐渐变成瘦弱，慢慢地陷到早年的坟墓里去了。即使这样，他也不悔恨他的恋爱，虽然他指爱引他到苦与死里去，他的热情永久地变强，因有希望扶助着他。但是倘若他的希望实现了，他欠这一切，都出于夫人的慈惠，因为他自己的能力是一点都不能有所成就的。”

我们在这里再引一节颂圣处女马理亚的诗，忒洛巴陀耳的恋爱诗风差不多可以略见一斑了。

“夫人（Domna），无刺的蔷薇，甜美在一切花之上，结实的枯枝，不劳而生谷的地，星，太阳之母，你自己父亲指神的保母，在世界上或远或近，没有女人能够像你。案枯枝意即指处女

夫人，净而且美的处女，在产前如此，其后亦然；耶稣基督从你受了肉身，而不使生瑕，正如太阳照时，美光通过窗上玻璃而入内。”

这种骑士的诗歌，虽然有一种窠臼，但是略能改正社会上对于妇女的观念，颇有功绩。德国同派的诗人于赞美意中的个人以外，兼及女性的全体，其态度尤为真诚而平允，如来因玛耳（Reinmar von Hagenau）诗云，

女人，怎样的一个祝福的名！

说来怎样的甜美，想来怎样的可感谢！

乌尔列息（Ulrich von Lichtenstein）云，

我想神不曾造过比女人更好的物。

又诗云，

女人是净，女人是美，

女人是可爱而且优雅，

女人于心里困苦的时候是最好，

女人带来一切的好事，

女人能召男人向名誉去，

阿，能承受这些的人是幸福了。

至于华尔德（Walter von der Vogelweide）下面的话，又与但丁（Dante）的意见相一致了。

恋爱的最好的报酬，是男子自己品格的增高。

有着好女人的爱的人，

羞耻一切的恶行。

以上所说，是中古时代顺应了社会潮流而发生的一派文艺思想，但同时也别有反抗的一派，占有相当的势力。在各种传奇（Romance **散文或韵文的，多含神异分子的故事**）里最为习见，如福斯德（Faust）博士卖灵魂求快乐，丹诃什尔（Tannhäuser）人爱神山（Venusberg）之类，便是一例，但在弹词《奥加珊与尼古勒德》（*Aucassin et Nicolette*）里，这趋向最为明了。奥加珊爱奴女尼古勒德，但是他的父亲伯爵不答应，叫女的教父子爵劝诫他，说倘若娶了尼古勒德，将坠地狱，不得往

天堂里去。奥加珊答说，

“在天堂里我去干什么呢？我不想进去，我只要得我的甜美的朋友，我所挚爱的尼古勒德就好了。因为往天堂去的，都是那些人：那老牧师们，老跛脚和那残废者，他们整天整夜的在神坛前，在教堂底下的窟室里咳嗽；那些穿旧外套和破衣服的人们；那些裸体，赤足，都是伤痕的；饥饿干渴，寒冷困苦而死的。这些人们往天堂去，我与他们一点都没有干系。但是地狱里我却愿去。……我愿到那里去，只要有我的甜美的朋友尼古勒德在我的身旁。”

其后叙述尼古勒德从幽居中逃出，月夜经过园中的情景，令人想起所罗门的《雅歌》。

“她用两手拿着衣裙，一手在前，一手在后，轻轻地在堆积在草上的露里挨着，这样走过了花园。她的头发是黄金色，垂着几缕爱发；她的眼睛，蓝而带笑；面色美好，嘴唇朱色，比夏天的蔷薇或樱桃更红；牙齿白而且小；她的乳坚实，在衣下现出，如两个圆果；她的腰很细，两手可以围过来。她走过去的时候，踏着雏菊，花映在伊的脚背和肉上，仿佛变了黑色，因为美丽的少年处女是这样的白。”

在《浪游者之歌》（*Carmina Vagorum*）集里，也多有这类赞叹肉体美的句子，如

额呵，喉呵，嘴唇呵，面颊呵，

都给与我们恋爱的资粮；

但是我爱那头发，

因为这是黄金的颜色。

又如《美的吕提亚》（“Lydia bella”）的首节云，

美的吕提亚，你比清早的新乳，

比日下的嫩百合还要白！

同你的玫瑰白的肉色相比，

那红蔷薇白蔷薇的颜色都褪了，

那磨光的象牙的颜色都败了。**据英国西蒙士编《酒与女人与歌》**

《浪游者之歌》是当时在欧洲各大学游学的少年教士所作，用拉丁文，多仿颂歌体，而诗的内容，却是西蒙士所说的酒与女人与歌，我们从这里可以看出禁欲思想的失败，知道将有什么新的发展要出现了。

这新的发展，便是文艺复兴与宗教改革。文艺复兴是异教精神的复活，但是伊大利的文艺家用了和平手段，使他与基督教相调和，顺了骑士文学的思潮，将希腊思想渡了过来。宗教改革本是基督教的中兴，改革者却出于激烈反抗的态度；

路德根据了自然的人性，攻击教会的禁欲主义，令人想起浪游者的诗，实在是颇妙的一个反比。路德说，

“凡是女人，倘若她不是特别地受过上天的净化，不能缺少男人的伴侣，正如她不能缺少食饮睡眠，或别的肉体需要的满足一般。凡男子也不能缺少女人的伴侣。这理由是因为在我们天性里，深深地种着生育的本能，与饮食的本能无异。所以神使人身上有肢体血管精液，并一切必需的机官。倘有人想制止这自然的冲动，不肯容人性自由，他正如想制止自然令弗自然，制火令弗烧，制水令弗湿，制人令弗食饮睡眠。”

这一节话，即以现在的眼光看来，也非常精确，几乎是现代讲“性的教育”（Sex-education **以性的知识，授予儿童，谓之性的教育或译两性教育，不甚妥**）的学者的话了。但他又说，

“将妇女拿出家庭以外，他们便没用了。……女人是生成管家的，这是她的定命，她的自然律。”

我们可以知道，他的意见终是片面的。因为他在这里又过于健全，过于实际的；正如文艺复兴的文人的“柏拉图的爱”，因为过于理想，过于抽象，也不免为片面的一样。

伊大利诗人但丁（Dante）和同时的彼得拉耳加（Petrarca）一样，一面是文艺复兴的前驱，一面又是忒洛巴陀耳的末裔。他的《神的喜剧》（*The Divine Comedy*）里面，包罗中世

的政教道德思想的纲要，他的《新生活》（*La Vita Nuova=The New Life*）又是醇化的恋爱观的结晶。他在九岁的时候，遇见贝亚忒列契（Beatrice **这是假名，即忒洛巴陀耳诗学上所谓诗名 Senhal**），便发生初次的，亦是永久的恋爱，如《新生活》上所说，他看见了“比我更强的神”——爱神——了。但是那女人终于不很理他，正与彼得拉耳加所爱的劳拉（Laura）一样，但丁却终身没有改变，因为他的爱是精神的，不以婚姻为归宿，仿佛是忒洛巴陀耳的“宫廷之爱”（Courtly Love），而更为真挚。在但丁这爱的经验，实在是宗教的经验**据弗勒丘著《妇人美的宗教》中所说，**圣书上“神即是爱”这句话，便是他的说明。世间万有都被一个爱力所融浸，这也就称作神；人们倘能投身爱流，超出物我，便是与神合体，完成了宗教的究竟大愿。但是人多关闭在自我的果壳里，不易解脱，只有在感着男女或亲子之爱的顷刻，才与普遍的力相接触，有一个出离的机会。由爱而引起的自己放弃，是宗教上的一种最要素，所以爱正可以称为入道之门。但丁以见贝亚忒列契之日为新生活的发端，以爱的生活为新生活的本体，便是这个意思了。

但丁的恋爱观，本出于忒洛巴陀耳而更为精微真挚，又是基督教的，与文艺复兴时的“柏拉图的爱”相似而实不同，柏拉图在《宴飨》（*Symposion*）篇中记梭格拉第述女祭司神

荣 （Diotima）之言云，

“进行的次序，或被引而历经所爱事物的次序，是以世上诸美为梯阶，循之上行，以求他美：自一至二，自二以至一切的美形，自美形至美行，自美行至美念，自美念以上，乃能至绝对美的概念，知何为美的精华。……这是人所应为的最高的生活。从事于绝对美的冥想。”

“爱是最上的力，是宇宙的，道德的，宗教的。爱有两种，天上的与世间的：世间的爱希求感觉的美，天上的爱希求感觉以上的美。因为感觉的美正是超感觉或精神的美的影子，所以我们如追随影子，最后可以达到影后的实体，在忘我境界中得到神美的本身。”**《妇人美的宗教》七**感觉美的中间，以人体美——就中又以妇人美为最胜。又依善美合一之说，人的容貌美者，因他有精神美——即善——的缘故，譬如灯笼里的火，光达于外。因此在文艺复兴时期，妇人——美妇人的位置与价值，很是增高。但是如英国弗勒丘（J.B.Fletcher）在《妇人美的宗教》里说，“柏拉图的爱，从人情上说来，是自私的。他注视所爱的面貌，当作他自己冥想的法喜的刺激剂。这几乎有点僵尸（Vampire）似的，他到处游行，想像地吸取少女及各物的甜美，积贮起他的心的蜜房。”因此文艺复兴的尊重妇女，也不是实在的，正如中古的女人崇拜一样，但是新的局面却总由此展开了。**文艺复兴时代，在本篇范**

围之外，故不详说。

综观以上所说中古以前文学上的妇女观，差不多总在两者之间，交互变换，不将女人当作傀儡，这字的意义，实在不能与英文的 doll 相当。古书里说老莱子弄雏于其亲侧，这雏字倒颇适切，只可惜太古了。日本有一种小儿祝日所祭的人形，还称作雏。便当作偶像！但这是时代的关系，无足怪的。历来的文学，本来多出在男子的手里；便是女人所作，讲他们自己的，也如英国约翰弥勒（J.S.Mill）所说，大半是“对于男子的谄媚”。但是这些历史上的陈迹，无论怎样芜秽，却总是发生现代思想之花的土堆，——别一方面，科学的知识固然也是一个最大的助力。如耶稣说，

“那起初造人的，是造男造女，并且说，‘因此，人要离开父母，与妻子连合，二人成为一体’。”创二之二四“你们没有念过么？既然如此，夫妻不再是两个人，乃是一体的了。”太第十九章四至六节

康德（Kant）也说，

“男女联合，成为一个整的全体；两性互相完成。”据倍贝尔书中所引

又如性的神秘主义，在十八世纪以前，瑞典播格（Swedenborg）路易斯勃勒克（Ruysbroeck）等，以基督教为本，大加提倡；到了近代，也很有这倾向，但是经过了科学的洗

礼，更为彻底了。神秘派于人间的男女亲子关系上，认出人神关系的比例，因为神是宇宙之源的“一”，万有的生活原则，本来无不与他相应，性的牵引与创造，当然可以有神的意义。现代的诗人却更进一层，便直认爱即是神，不复以爱为求神的梯阶，或神之爱的影子，即此男女亲子的爱，便有甚深无量的意义，人人苟能充他的量，即是神的生活了。他们承认男人是男人，女人是女人，小儿是小儿，这是现代科学思想之赐，也就是造成他们的平易而神秘的思想的原因了。英国嘉本特（E.Carpenter）在他的《婴孩》（“The Babe”）诗中说，

> 两个生命造出一个，只看作一个，
>
> 在这里便是所有的创造。

这可以称是他的现代的性的神秘主义。**他有一部《爱的成年》，讲男女问题极为正确，经郭君译出，在北平出版。**以下一节，是威尔士（H.G.Wells）的话，我们引来作本篇的结束。

“我想，同事的欲求，将自己个人的本体没入于别人的欲求，仍为一切人间的爱的必要的分子。这是一条从我们自己出离的路，我们个人的分隔的破除，正如憎恶是这个的增厚一般。我们舍下我们的谨慎，我们的秘密，我们的警备；我们开露自己；在常人是不可堪的摩触，成为一种喜悦的神

秘；自卑与献身的行为，带着象征的快乐。我们不能知道何者是我，何者是你。我们的禁锢着的利己，从这个窗户向外张望，忘了他的墙壁，在这短的顷刻中，是解放了，而且普通了。”**据路易士著《嘉本特传》中所引**

附记

我动手做这篇文章，是在三月中旬的病后，才成了半篇，因为旧病又发，也就中止了。迁延日久，没有续作的机会，对于编辑者及读者诸君实在很是抱歉。现在病势略好，赶即续成此篇，但是前后相距已有四月，兴趣与结构计画多有改变，山中又缺少参考的便利，所以遗漏错误在所不免，笔法亦前后不同，须求读者的原谅。

一九二一年七月二十一日，在北平西山。

03

他 们 笔 下 的 她 们

辑三

女性气质

女性气质

王开岭

1

战争中，最美丽和宝贵的女性气质是什么？

坚忍、顽毅、决绝、恒力、牺牲的勇气？不，不仅仅。因为男人那儿同样有，且更应该有。看苏联电影《这里的黎明静悄悄》，姑娘们留给我的不仅仅这些，当下沉的李莎从沼泽中仰起脸最后一次注视阳光，当不愿拖累同伴的丽达把枪口对准受伤的躯体……不，不仅仅这些，那值得她们用生命去诠释和演绎的，不仅仅这些。还有别的，更重要的。

尤·邦达列夫在散文集《瞬间》中，有篇名为《女性气质》的短文，描述了卫国战争间一次对女性美的感受——

“我永远忘不了她那低垂在无线电台上的清秀面孔，忘不了那个营参谋长隐蔽部……我在快要入眠时，透过昏昏欲睡的迷惘，怀着一种难忍的愉快，看见她那剪得很短的、孩子式的金黄色头发周围有某种发白的光辉。”

在一片由男性躯体构筑的血火工事里，“女战士”，一幅多么神奇的剪影！一盏多么鼓舞夜色的灯！她足以让苦难和牺牲变得可以忍受，让焦土与黑雪难掩生命之春的勃发，让激战前的搂枪少年不再因恐惧和迷惘而大睁着双眼——从此，让他久久不能入睡的，是姑娘的羞涩，是她逼人的体温，是完全不同的异样气息，是白天她有意无意的一瞥或浅笑……

在这座钢筋水泥的掩体里，她，一朵蝴蝶样的柔软，掀起了大片喧哗，像石子落在水中，像一粒芽冲进了泥土。是她，悄悄把一味粉红色的迷幻埋进那些厚实的胸膛；是她，让每个喊着“报告”受令或完命而来的人，眼神里多了一番焰火般的急切搜索……

更是她，让一位受其目光送别的出征者，突然有了一份幸福的豪迈、一种惊人的战斗力、一股暗暗的抱定和决心：一定把胜利带回！即使不能亲自，也要托别人捎给她……让她骄傲，或者怀念。

她安静的存在，对粗犷的生命们来说，是一种奇妙的从感官到精神的抚摸，一股麝香般的温暖，一次芬芳与甘泉之饮……既形而上，又形而下。

她是大家的女神。“喀秋莎”女神！

一天黎明，不幸发生了——

当三个德军俘虏被押进隐蔽所时，“我突然看见，她，无线电报务员韦罗奇卡，慢慢地，被吓呆似的，一只手扶着炮弹箱，从电台旁站起……”当其中一个献媚似的冲她笑时，“她的脸猛一哆嗦，接着，她面色苍白，咬着嘴唇走向那个俘虏，仿佛在半昏迷的状态中，她侧身解开了腰间那支‘瓦尔特’手枪的小皮套。”

一声闷响。惨叫。倒下。

“她全身颤抖……双手掐住喉咙，恨不得把自己掐死，歇斯底里地哭着，抽搐着，喊叫着，在地上打起滚来。”

作为侵略者，她清晰地认得他：该死的！一个被毫不犹豫诅咒的人。而作为俘虏，一个无法再构成伤害的人，他却是陌生的。现在，这个陌生人遭到了袭击，即将死掉。

她骤然变了。

温柔变成了粗野，恬静变成了狂暴，小溪发作成了洪水……那枪声无情地洗劫了她的美，惊飞了她身上某种气质，也吓傻了所有对她的暗恋和憧憬。仿佛瓷瓶褪去了最珍贵的光芒，沦为了黯淡糙坯……

大家痛心地看到：一盏曾多么明澈的灯，正在被体内的浓烟吞噬。像一只昏迷的动物在自我肉搏。这绝非战斗，而是撕咬，是发泄，是报复。

她成了一个病人，让人怜悯的病人。她甚至有了一副敌人的模样——那种凶悍的模样。

“此时此刻，这位苗条的、蓝眼睛的姑娘在我们面前完全成了另一副样子，这副样子无情地破坏了她以往的一种东西……从此，我们对她共同怀有的少年之恋，被一种嫌厌的怜悯情绪代替了。”

愤怒，像一股毒素，会顷刻间冲溃一个女人的仪容，会将光洁的脸孔拧出皱纹，让安然的额头失去端庄。

她不再是一个完美的女人，不再是一名战士。战士是不会向一个手无寸铁者开枪的，她破坏了子弹的纪律，背叛了武器的纯洁性。现在，她只剩下了一道身份：复仇者。

无论再深刻的缘由，已无济于事。

“谁都不知道，1942 年在哈尔科夫附近被敌人包围的时候，她曾被俘，四个德国兵强奸了她，粗暴地凌辱了她——然后侮辱性地给予自由。”

“她出于仇恨确信自己的行为是正义的，可是我们，在那场神圣的战争中问心无愧地拼杀过来的人，却不能原谅她。因为她向那个德国人开的一枪，击毙了自己的天真柔弱、温情和纯洁，而我们当时所需要的，正是这种理想的女人气质。”

2

理想的女人气质？

细腻、温润、母性、单纯、宁静、无辜、柔软……这是士兵邦达列夫的全部答案？

我想，不仅仅。它们仅是一种天然性征，一种哺乳气质，一种由生理焕发出的美德。这是日常和通俗意义上的气质，而非战争环境中最佳的理想气质。

1999 年，当我翻开诗人叶夫图什科的一本书：《提前撰写的自传》，里面关于妇女的一件事突然唤醒了我——

“1944 年，母亲和我回到莫斯科。在那里，我才第一次有机会看到敌人。如果没记错的话，那是二万五千名德国俘虏，排成一长列，通过首都的街道。”

“俄罗斯妇女做着繁重的劳作，手都变了样，嘴唇上没有血色，瘦削的肩膀上承担了战争的主要负担。这些德国人，很可能对她们每一个人都作下了孽，夺走了她们的父亲、丈夫、兄弟、儿子。妇女朝俘虏队走来的方向，怒目而视……走来的德国兵，又瘦又脏，满脸胡子，头上缠着沾血的绷带，有的拄着拐杖，有的靠在同伴肩上，都低垂着头。街上，死一般静。只听到鞋子和拐杖缓缓擦过路面的声音。

“我看到一个穿俄式长靴的女人，拿手拍一下民兵的肩头：

“‘让我过去。’

“这女人声音里含有点什么似的，民兵当命令一般让她过去了。她走进行列，从上衣袋里拿出一块用手帕仔细包好的黑面包，递给一个疲惫不堪的俘虏……这一下，其他女人都学她的样子，把面包、香烟掷给德国兵。

“这些不再是敌人了。已经是人了。”

人——诞生了。

她似乎在对那个满脸胡茬的男子说：活下去，永远不要再杀人!

我明白了那些俄罗斯妇女心底的理由：比胜利更宝贵的，是和平！把一个敌人变成“人”，比打败一万个敌人更重要!

我猛然醒悟：和平，“和平气质”——不正是最美丽的女人气质吗?

其实，无论宁静、柔软、母性、善良、慷慨，还是“无辜气质”“哺乳气质”……它们都有一个更饱满更贴切的名字：和平。

比拼杀更耀眼的，是温存。比血腥更有力的，是芬芳。

显然，士兵邦达列夫所幻想的，正是这个。战争中最优雅的女人体息、最宝贵的母性气质，正是那种避开炮火磨损和仇恨侵蚀、不受血气浸泡——而完好保留下来的人性芬芳：天然的“和平气质”！无数男人的英勇杀敌和血流成河，要换取的正是她。

保卫女人，更要保卫她们的和平气质。没有比看到女性身上的“和平”芳香不被涂改，更令战士为之鼓舞和欣慰的了。

这比杀死一百个敌人更像战士的成就。

而对女人自己来说，保卫身上的“和平气质”，比亲手扣动扳机更伟大。

女 人

梁实秋

有人说女人喜欢说谎，假如女人所捏撰的故事都能抽取版税，便很容易致富。这问题在什么叫做说谎。若是运用小小的机智，打破眼前小小的窘僵，获取精神上小小的胜利，因而牺牲一点点真理，这也可以算是说谎，那么，女人确是比较地富于说谎的天才。有具体的例证。你没有陪过女人买东西吗？尤其是买衣料，她从不干干脆脆地说要做什么衣，要买什么料，准备出多少钱；她必定要东挑西拣，翻天覆地，同时口中念念有词，不是嫌这匹料子太薄，就是怪那匹料子花样太旧，这个不禁洗，那个不禁晒，这个缩头大，那个门面窄，批评得人家一文不值。其实，满不是这么一回事，她只是嫌价码太贵而已！如果价钱便宜，其他的缺点全都不成问题，而且本来不要买的也要购储起来。一个女人若是因为炭贵而不生炭盆，她必定对人解释说："冬天生炭盆最不卫生，到春天容易喉咙痛！"屋顶渗漏，塌下盆大的灰泥，在未修补之前，女人便会向人这样解释："我预备在这地方安装电灯。"自己上街买菜的女人，常常只承认散步和呼吸新鲜空气是她上市的惟一理由。艳羡汽车的女人常常表示她最厌恶汽油的臭味。坐在中排看戏的女人常常说前排的头等座位最不舒适。一个女人馈赠别人，必说："实在买不到什么好的……"其实这东西根本不是她买的，是别人送给她的。一个女人表示愿意陪你去上街走走，其实是她顺便要买东西。总之，女人总欢喜拐弯抹角的，放一个小小的烟幕，无伤大雅，颇占体面。这也是艺术，王尔德不是说过"艺术即是说谎"么？这些例证还只是一些并无版权的谎话而已。

女人善变，多少总有些哈姆雷特式，拿不定主意。问题大者如离婚结婚，问题小者如换衣换鞋，都往往在心中经过一读二读三读，决议之后再复议，复议之后再否决。女人决定一件事之后，还能随时做一百八十度的大转弯，做出那与决定完全相反的事，使人无法追随。因为变得急速，所以容易给人以“脆弱”的印象。莎士比亚有一名句:“‘脆弱’呀，你的名字叫做‘女人’！”但这脆弱，并不永远使女人吃亏。越是柔韧的东西越不易摧折。女人不仅在决断上善变，即便是一个小小的别针位置也常变，午前在领扣上，午后就许移到了头发上。三张沙发，能摆出若干阵势；几根头发，能梳出无数花头。讲到服装，其变化之多，常达到荒谬的程度。外国女子的帽子，可以是一根鸡毛，可以是半只铁锅，或是一个畚箕。中国女人的袍子，变化也就够多，领子高的时候可以使她像一只长颈鹿，袖子短的时候恨不得使两腋生风，至于纽扣盘花、滚边镶绣，则更加是变幻莫测。“上帝给她一张脸，她能另造一张出来”，“女人是水做的”，是活水，不是止水。

女人善哭。从一方面看，哭常是女人的武器，很少人能抵抗她这泪的洗礼。俗语说“一哭二睡三上吊”，这一哭确实其势难当。但从另一方面看，哭也常是女人的内心的“安全瓣”。女人的忍耐的力量是伟大的，她为了男人，为了小孩，能忍受难堪的委屈。女人对于自己的享受方面，总是属于“斯多亚派”的居多。男人不在家时，她能立刻变成为素食主义者，火炉里能爬出老鼠，开电灯怕费电，再关上又怕费开关。平素既已极端刻苦，一旦精神上再受刺激，便忍无可忍，一腔悲怨天然地化做一把把的鼻涕眼泪，从“安全瓣”中汩汩而出，腾出空虚的心房，再来接受更多的委屈。女人很少破口骂人（骂街便成泼妇，其实甚少），很少揎袖挥拳，但泪腺就比较发达。善哭的也就常常善笑，迷迷的笑，吃吃的笑，格格的笑，哈哈的笑，笑是常驻在女人脸上的，这笑脸常常成为最有效的护照。女人最像小孩，她能为了一个滑稽的姿态而笑得前仰后合、肚皮痛、淌眼泪，以至于翻筋斗！哀与乐都像是常川有备，一触即发。

女人的嘴，大概是用在说话方面的时候多。女孩子从小就往往口齿伶俐，就是学外国语也容易琅琅上口，不像嘴里含着一个大舌头。等到长大之后，三五成群，说长道短，声音脆，嗓门高，如蝉噪，如蛙鸣，真当得好几部鼓吹！等到年事再长，万一堕入“长舌”型，则东家长，西家短，飞短流长，搬弄多少是非，惹出无数口舌；万一堕入“喷壶嘴”型，则琐碎繁杂，絮聒唠叨，一件事要说多少回，一句话要说多少遍，如喷壶下注、万流齐发，当者披靡，不可向迩！一个人给他的妻子买一件皮大衣，朋友问他“你是为使她舒适吗？”那人回答说：“不是，为使她少说些话！”

女人胆小，看见一只老鼠而当场昏厥，在外国不算是奇闻。中国女人胆小不至如此，但是一声霹雷使得她拉紧两个老妈子的手而仍战栗不止，倒是确有其事。这并不是做作，并不是故意在男人面前做态，使他有机会挺起胸脯说：“不要怕，有我在！”她是真怕。在黑暗中或荒僻处，没有人，她怕；万一有人，她更怕！屠牛宰羊，固然不是女人的事，杀鸡宰鱼，也不是不费手脚。胆小的缘故，大概主要的是体力不济。女人的体温似乎较低一些，有许多女人怕发胖而食无求饱，营养不足，再加上怕臃肿而衣裳单薄，到冬天瑟瑟打战，袜薄如蝉翼，把小腿冻得作“浆米藕”色，两只脚放在被里一夜也暖不过来，双手捧热水袋，从八月捧起，捧到明年五月，还不忍释手。抵抗饥寒之不暇，焉能望其胆大。

女人的聪明，有许多不可及处，一根棉线，一下子就能穿入针孔，然后一下子就能在线的尽头处打上一个结子，然后扯直了线在牙齿上砰砰两声，针尖在头发上擦抹两下，便能开始解决许多在人生中并不算小的苦恼，例如缝上衬衣的扣子，补上袜子的破洞之类。至于几根篾棍，一上一下地编出多少样物事，更是令人叫绝。有学问的女人，创辟“沙龙”，对任何问题能继续谈论至半小时以上，不但不令人入睡，而且令人疑心她是内行。

男人的进化

鲁迅

说禽兽交合是恋爱未免有点亵渎。但是，禽兽也有性生活，那是不能否认的。它们在春情发动期，雌的和雄的碰在一起，难免“卿卿我我”的来一阵。固然，雌的有时候也会装腔做势，逃几步又回头看，还要叫几声，直到实行“同居之爱”为止。禽兽的种类虽然多，它们的“恋爱”方式虽然复杂，可是有一件事是没有疑问的：就是雄的不见得有什么特权。

人为万物之灵，首先就是男人的本领大。最初原是马马虎虎的，可是因为“知有母不知有父”的缘故，娘儿们曾经“统治”过一个时期，那时的祖老太太大概比后来的族长还要威风。后来不知怎的，女人就倒了霉：项颈上，手上，脚上，全都锁上了链条，扣上了圈儿，环儿，——虽则过了几千年这些圈儿环儿大都已经变成了金的银的，镶上了珍珠宝钻，然而这些项圈，镯子，戒指等等，到现在还是女奴的象征。既然女人成了奴隶，那就男人不必征求她的同意再去“爱”她了。古代部落之间的战争，结果俘虏会变成奴隶，女俘虏就会被强奸。那时候，大概春情发动期早就“取消”了，随时随地男主人都可以强奸女俘虏，女奴隶。现代强盗恶棍之流的不把女人当人，其实是大有酋长式武士道的遗风的。

但是，强奸的本领虽然已经是人比禽兽“进化”的一步，究竟还只是半开化。你想，女的哭哭啼啼，扭手扭脚，能有多大兴趣？自从金钱这宝贝出现之后，男人的进化就真的了不得了。天下的一切都可以买卖，性欲自然并非例外。男人化几个臭钱，就可以得到他在女人身上所要得到的东西。而且他可以给她说：我并非强奸你，这是你自愿的，你愿意拿几个钱，你就得如此这般，百依百顺，咱们是公平交易！蹂躏了她，还要她说一声“谢谢你，大少”。这是禽兽干得来的么？所以嫖妓是男人进化的颇高的阶段了。

同时，父母之命媒妁之言的旧式婚姻，却要比嫖妓更高明。这制度之下，男人得到永久的终身的活财产。当新妇被人放到新郎的床上的时候，她只有义务，她连讲价钱的自由也没有，何况恋爱。不管你爱不爱，在周公孔圣人的名义之下，你得从一而终，你得守贞操。男人可以随时使用她，而她却要遵守圣贤的礼教，即使“只在心里动了恶念，也要算犯奸淫”的。如果雄狗对雌狗用起这样巧妙而严厉的手段来，雌的一定要急得“跳墙”。然而人却只会跳井，当节妇，贞女，烈女去。礼教婚姻的进化意义，也就可想而知了。

至于男人会用“最科学的”学说，使得女人虽无礼教，也能心甘情愿地从一而终，而且深信性欲是“兽欲”，不应当作为恋爱的基本条件；因此发明“科学的贞操”，——那当然是文明进化的顶点了。

呜呼，人——男人——之所以异于禽兽者！

自注：这篇文章是卫道的文章。

对了米莱的《晚钟》

夏丏尊

米莱的《晚钟》在西洋名画中是我所最爱好的一幅，十余年来常把它悬在座右，独坐时偶一举目，辄为神往，虽然所悬的只是复制的印刷品。

苍茫暮色中，田野尽处隐隐地耸着教会的钟楼，男女二人拱手俯首作祈祷状，面前摆着盛了薯的篮笼、锄铲及载着谷物袋的羊角车。令人想象到农家夫妇田作已完，随着教会的钟声正在晚祷了预备回去的光景。

我对于米莱的艰苦卓绝的人格与高妙的技巧，不消说原是崇拜的；他的作品多农民题材，画面成戏剧的表现，尤其使我佩服。同是他的名作如《拾落穗》，如《第一步》，如《种葡萄者》等等，我虽也觉得好，不知什么缘故总不及《晚钟》能吸引我，使我神往。

我常自己剖析我所以酷爱这画，这画所以能吸引我的理由，至最近才得了一个解释。

画的鉴赏法原有种种阶段，高明的看布局调子笔法等等，俗人却往往执著于题材。譬如在中国画里，俗人所要的是题着“华封三祝”的竹子，或是题着“富贵图”的牡丹，而竹子与牡丹的画得好与不好是不管的。内行人却就画论画，不计其内容是什么，竹子也好，芦苇也好，牡丹也好，秋海棠也好，只从笔法神韵等去讲究去鉴赏。米莱的《晚钟》在笔法上当然是无可批评了的。例如画地是一件至难的事，这作品中的地的平远，是近代画中的典型，凡是能看画的都知道的。这作品的技巧可从各方面说，如布局色彩等等，但我之所以酷爱这作品却不仅在技巧上，倒还是在其题材上。用题材来观画虽是俗人之事，我在这里却愿作俗人而不辞。

米莱把这画名曰《晚钟》，那么题材不消说是有关于信仰了，所画的是耕作的男女，就暗示着劳动；又，这一对男女一望而知为协同的夫妇，故并暗示着恋爱。信仰，劳动，恋爱，米莱把这人间生活的三要素在这作品中用了演剧的舞台面式展示着。我以为，我敢自承，我所以酷爱这画的理由在此。这三种要素的调和融合，是人生的理想。我的每次对了这画神往者，并非在憧憬于画，只是在憧憬于这理想。不是这画在吸引我，是这理想在吸引我。

信仰，劳动，恋爱，这三者融和一致的生活才是我们的理想生活。信仰的对象是宗教。关于宗教原也有许多想说的话，可是宗教现在正在倒霉的当儿，有的主张以美学取而代之，有的主张直截了当地打倒。为避免麻烦计，姑且不去讲他，单就劳动与恋爱来谈谈吧。

劳动与恋爱的一致，是一切男女的理想，是两性间一切问题的归趋。特别地在现在的女性，是解除一切纠纷的锁钥。

“不劳动者不得食”，确是人间生活无可逃免的铁一般的准则，无论男女。女性地位的下降实由于生活不能独立，普通的结婚生活，在女性都含有屈辱性与依赖性。在现今，这屈辱与依赖与阶级的高下成为反比例。因为，下层阶级的妇女不像太太的可以安居坐食，结果除了做性交机器以外，虽然并不情愿，还须帮同丈夫操作，所以在家庭里的地位较上流或中流的妇女为高。我们到乡野去，随处都可见到合力操作的夫妇，而在都会街上除了在黎明和黄昏见到上工厂去的女工外，日中却触目但见着旗袍穿高跟皮鞋的太太们姨太太们或候补太太们与候补姨太太们！

不消说，下层妇女的结婚在现今也和上流中流阶级的妇女一样，大概不由于恋爱，是由于强迫或买卖的。不，下层妇女的结婚其为强迫的或买卖的，比之上流中流社会更来得露骨。她们虽帮同丈夫在田野或家庭操作，未必就成米莱的画材。但我相信，如果她们一旦在恋爱上觉醒了，她们的恋爱生活，要比上流中流的妇女容易得多，基础牢固得多，不管上流中流的女性识得字，能读恋爱论，能谈恋爱，能讲社交。

但看娜拉吧，娜拉是近代妇女觉醒第一声的刺激，凡是新女子差不多都以娜拉自命。但我们试看未觉醒以前的娜拉是怎样的？她购买圣诞节的物品超过了预算，丈夫赫尔茂责她：

“这样浪费是不行的！”

“真真有限哩，不行？你不是立刻就可以有大收入了吗？”

“那要新年才开始，现在还未哩！”

“不要紧，到要时不是再可以借的吗？”

“你真太不留意！如果今日借了一千法郎在圣诞节这几日中用尽了，到新年的第一日，屋顶跌下一块瓦来，落在我头上把我磕死了……”

“不要说这吓死人的不祥语。”

“啱，万一真有了这样的事，那时怎样？”

赫尔茂这样诘问下去，娜拉也终于弄到悄然无言了。赫尔茂倒不忍起来，重新取出钱来讨她的好，于是娜拉也就在“我的小鸟”咧，“小栗鼠”咧的玩弄的爱呼声中，继续那平凡而安乐的家庭生活。这就是觉醒前的娜拉的正体。及觉醒了，离家出走了，剧也就此终结。娜拉出家以后的情形是值得我们思索的。于是，“娜拉仍回来吗？”终于成了有趣味的一个问题。鲁迅先生曾有过一篇《娜拉走后怎样》的文字。

觉醒后的娜拉，我们不知道其生活怎样，至于觉醒以前的娜拉，我们在上流中流的家庭中，在都会的街路上都可见到的。现在的上流中流阶级本是消费的阶级，而上流中流阶级的女性，更是消费阶级中的消费者。她们喜虚荣，思享乐。她们未觉醒的，不消说正在做“小鸟”做“栗鼠”，觉醒的呢，也和觉醒后的娜拉一样，向哪里走还成为一个问题，还是一个费人猜度的谜。

上流中流阶级的女性，物质的地位无论怎样优越，其人格的地位实远逊于下层阶级的女性，而其生活也实在惨淡。她们常被文学家摄入作品里作为文学的悲惨题材。《娜拉》不必说了，此外如莫泊桑的《一生》，如佛罗倍尔的《波华荔夫人》，如托尔斯泰的《安娜卡列尼那》等都是。莫泊桑在《一生》所描写的是一个因了愚蠢兽欲的丈夫虚度了一生的女性，佛罗倍尔的《波华荔夫人》与托尔斯泰的《安娜卡列尼那》，其女主人公都是因追逐不义的享乐的恋爱而陷入自杀的末路的。她们的自杀不是壮烈的为情而死的自杀，只是一种惭愧的忏悔的做不来人了的自杀。前者固不能恋爱，后二者的恋爱也不是有底力的光明可贵的恋爱，只是一种以官能的享乐为目的的奸通而已。而她们都是安居于生活无忧的境遇里的女性。

在中国的历史上有一对我所佩服的恋爱男女，就是司马相如与卓文君。我不佩服他们别的，佩服他们的能以贵族出身而开酒店，男的着犊鼻裙，女的当垆（虽然有人解释，他们的行为是想骗女家的钱）。我相信，男女要有这样刻苦的决心，然后可谈恋爱，特别地在女性。女性要在恋爱上有自由，有保障，非用劳动去换不可。未入恋爱未结婚的女性，因了有劳动能力，才可以排除种种生活上的荆棘，踏入恋爱的途程。已有了恋爱对手的女性，也因有了劳动的能力作现在或将来的保证。有了劳动自活的能力，然后对己可有真正恋爱不是卖淫的自信。

我所谓劳动者，并非定要像《晚钟》中的耕作或文君的当垆，凡是有益于社会的工作，不论是劳心的劳力的都可以。

家政育儿当然也在其内。在这里所当连带考察的就是妇女职业问题了。

妇女的职业，其成为问题在机械工业勃兴家庭工业破坏以后。工业革命以来，下层阶级的农家妇女或可仍有工作，至于中流以上的妇女，除了从来的家庭杂务以外已无可做的工作。家庭杂务原是少不来的工作，尤其是育儿，在女性应该自诩的神圣的工作。可是家庭琐务是不生产的，因此在经济上，女性在两性间的正当的分业不被男性所承认，女性仅被认作男性的附赘物，女性亦不得不以附赘物自居，积久遂在精神上养成了依赖的习性，在境遇上落到屈辱的地位。

要想从这种屈辱解放，近代思想家曾指出绝端相反的两条路：一是教女性直接去从事家事育儿以外的劳动，与男性作经济的对抗；一是教女性自信家事育儿的神圣，高唱母性，使男性及社会在经济以外承认女性的价值。主张前者的是纪尔曼夫人，主张后者的是托尔斯泰与爱伦凯。

这两条绝端相反的道路，教女性走哪一条呢？真理往往在两极端之中，能调和两者而不使冲突，不消说是理想的了。近代职业有着破坏家庭的性质，无可讳言，但因了职业的种类与制度的改善，也未始不可补救于万一。妇女职业的范围应该从种种方向扩大，而关于妇女职业的制度，无须大大地改善。职业的妨害母性，其故实由于职业不适于女性，并非女性不适于职业。现代的职业制度实在太坏，男性尚有许多地方不能忍受，何况女性呢？现今文明各国已有分娩前后若干周的休工的法令和日间幼儿依托所等的设施了，甚望能以此为起点，逐渐改善。

在都市中，每遇清晨及黄昏见到成群提了食筐上工场去的职业妇女，我不禁要为之一蹙额，记起托尔斯泰的叹息过的话来。但见到那正午才梳洗下午出外叉麻雀的太太或姨太太们，见到那向恋人请求补助学费的女学生们，或是见到那被丈夫遗弃了就走投无路的妇人们，更觉得愤慨，转而暗暗地替职业妇女叫胜利，替职业妇女祝福了。

体力劳动也好，心力劳动也好，家事劳动也好，在与母性无冲突的家外劳动也好，“不劳动者不得食”，原是男女应该共守的原则。我对于女性，敢再妄补一句：“不劳动者不得爱！”美国女作家阿利符修拉伊娜在其所著的书里有这样的一章：

> 我曾见到一个睡着的女性，人生到了她的枕旁，两手各执着赠物。一手所执的是“爱”，一手所执的是“自由”，叫女性自择一种。她想了许多时候，选了“自由”。于是人生说：“很好，你选了‘自由’了。如果你说要取‘爱’，那我就把‘爱’给了你，立刻走开永久不来了。

可是，你却选了‘自由’，所以我还要重来。到重来的时候，要把两种赠物一齐带给你哩！”我听见她在睡中笑。

要爱，须先获得自由。女性在奴隶的境遇之中决无真爱可言。这原则原可从种种方面考察，不但物质的生活如此。女性要在物质的生活上脱去奴隶的境遇，获得自由，劳动实是唯一的手段。

爱与劳动的一致融合，真是希望的。男女都应以此为理想，这里只侧重于女性罢了。我希望有这么一天：女性能物质地不作男性的奴隶，在两性的爱上，铲尽那寄食的不良分子，实现出男女协同的生产与文化。

对了《晚钟》忽然联想到这种种。《晚钟》作于一八五九年，去今已快七十年了。近代劳动情形大异从前，米莱又是一个农民画家，编写当时乡村生活的，要叫现今男女都作《晚钟》的画中人，原是不能够的事。但当作爱与劳动融合一致的象征，是可以千古不朽的。

新中国的女子

周作人

三月十八日国务院残杀事件发生以后，日文《北京周报》上有颇详明的记述，有些地方比中国的御用新闻记者说的还要公平一点，因为他们不相信群众拿有“几支手枪”，虽然说有人拿着 Stick 的。他们都颇佩服中国女子的大胆与从容，明观生在《可怕的刹那》的附记中有这样的一节话：

“在这个混乱之中最令人感动的事，是中国女学生之刚健。凡有示威运动等，女学生大抵在前，其行动很是机敏大胆，非男生所能及。这一天女学生们也很出力。在我的前面有一个女学生，中了枪弹，她用了那毛线的长围巾扪住了流出来的血潮，一点都不张皇，就是在那恐怖之中我也不禁感到钦佩了，我那时还不禁起了这个念头，照这个情形看来中国将靠了这班女子兴起来罢！”

北京周报社长藤原君也在社说中说及，有同样的意见：

“据当日亲身经历目睹实况的友人所谈，最可佩服的是女学生们的勇敢。在那个可怕的悲剧之中，女学生们死的死了，伤的伤了，在男子尚且不能支持的时候，她们却始终没有失了从容的态度。其时他就想到中国的兴起或者是要在女子的身上了。以前有一位专治汉学的老先生，离开中国二十年之后再到北京来，看了青年女子的面上现出一种生气，与前清时代的女人完全不同了，他很惊异，说照这个情形中国是一定会兴隆的；我们想到这句话，觉得里边似乎的确表示着中国机运的一点消息。”

我们读佩弦君的《执政府大屠杀记》，看见他说：

“我真不中用，出了门口，一面走，一面只是喘息。后面有两个女学生，有一个我真佩服她，她还能微笑着对她的同伴说，‘他们也是中国人哪！’这令我惭愧了！”

把这个与杨德群女士因了救助友人而被难的事实合起来看，我们可以相信日本记者的感想是确实的，并不全是由于异域趣味的浪漫的感激。其实这现象也是当然的，从种种的方面看来，女子对于革命事业的觉悟与进行必定要比男子更早，更热烈坚定，因为她们历来所身受的迫压也更大而且更久。波兰俄国以及朝鲜的革命史上女子占着多大的位置，大家大抵是知道的，中国虽是后进，也自然不能独异。我并不想抹杀男子，以为他们不配负救国之责，但他们之不十分有生气，不十分从容而坚忍，那是无可讳言的。我也并不如日本记者那样以为女子之力即足以救中国，但我确信中国革命如要成功，女子之力必得占其大半。有革命思想的男子容易为母妻所羁留，有革命思想的女子不特可以自己去救国，还可以成为革命家之妻，革命家之母。这就是她们的力量之所在。

男女的思想行为的变化与性择很有关系，不过现在都是以男性为主，将来如由女性来作“风雅的盟主”（Elegantiae Arbiter），不但两性问题可以协和，一切也都好了。（斯妥布思女士的主张也即是其中之一部分。）现在不谈别的，只说关于中国革命的事，我们的盟主应该是怎样的一种人呢？这断然不是躲在书斋里读《甲寅》的聪明小姐喽，却也未必一定是男装从军的木兰一流人物。我在这里忽然想起波兰的一首诗来，这诗载在勃阑特思（Georg Brandes）所著《十九世纪波兰文学论》中，是有名的复仇诗人密子克微支（Adam Mickiewicz）所作，题名“与波兰的母亲”，是表示诗人理想中的国民之母的，我们且看他是怎样说法。大意云：

“赶快带你的儿子到冷僻的洞窟里，教他睡在芦苇上，呼吸潮湿秽恶的空气，与毒虫同卧一处。在那里，他将学会怎样使他的愤怒潜伏，使他的思想叵测，沉默地毒死他的言语，卑屈得使他的形状像那蝮蛇。我们的救主在做小孩的时候，在拿撒勒游戏，拿了十字架，后来他就在这上面救了世界。波兰的母亲呵！倘若我是你，我将拿他的未来运命的玩具给他游戏。早点给他链条锁在手上，叫他习惯推那犯人的污秽的小车，使他见了刽子手的刀斧不会失色，见了绞索不会红脸。因为他并不如古时武士将往耶路撒冷充十字军，插他的旗在那被征服的城上，也不像三色旗下的兵士将去耕自由之田地，沃以自己的鲜血。不，无名的奸细将告发了他，他当在伪誓的法官前辩护他自己，他的战场是地下的囚室，不可抗的敌人就是他的裁判官。绞架的枯木即为他的墓标，几个女人的眼泪，不久就干了，以及国人的夜间的长谈，是他死后的唯一的荣誉与记念。”

这是波兰的贤母，但是良妻应当怎样呢？据同一诗人所说，她可以违背了丈夫的命令，牺牲了性命身家领地，毫无顾惜，只要能保存祖国的光荣，与敌人以损害。啊，波兰的复仇诗人们，密子克微支与斯洛伐支奇，你们的火焰似的热情是永不会消灭的，在这世界上还有迫压与残暴的时候。你们理想中的女子或者诚然不免有点过激，但在波兰恐怕非如此不可，而且或者非如此波兰也不会保存以至中兴。中国现在情形似乎比波兰要好一点，（不过我也不能担保，照这样“整顿学风”下去，就快到那地步了，）因为如勃阑特思的《波兰印象记》第二卷所说，“政府禁止在学校里教女子读波兰文，但教裁缝是许可的，所以她们在石板上各画一幅胸带的图，以防军警来查，她们在桌上摆着裁缝材料，书籍放在下面，”中国总算还让她们读书。因此我觉得对于中国的女子还不至于希望她们成为波兰式的贤母良妻，只希望她能引导我们激刺我们，并不是专去报复，是教我们怎样正当地去爱与死。

我不知道中国的新妇女或旧妇女的爱情是猛烈还是冷淡，但我觉得中国男子大抵对于恋爱与生死没有大的了解与修养，可见女性影响之薄弱无用。生在此刻中国的女子不但当以大胆与从容的态度处理自己的恋爱与死，还应以同样的态度来引导——不，我简直就说引诱或蛊惑男子去走同一的道路，而且使恋爱与死互相完成。这应当怎么做，她们自己会知道，我们不能说，我只能表示这样一个希望罢了。至于弹琴作画吟诗刺绣的小姐们，本来也是好的，不过那是天下太平时代的装饰品，正如一个霁红花瓶，我决不想敲破他，不过不是像现在中国这样的破落人家所该得起的，所以我不想颂扬。大约在二十年前，刘申叔先生正在东京办《天义报》

的时候，我曾做了三首偶成的诗，寄给他发表，现在还没有忘记，转录在这里，算作有诗为证罢。

为欲求新生，辛苦此奔走，

学得调羹汤，归来作新妇。

不读宛委书，但织鸳鸯锦，

织锦长一丈，春华此中尽。

出门怀大愿，竟事不一呋，

款款坠庸轨，芳徽永断绝。

民国十五年大残杀之月末日，在北京书为被杀伤的诸女士纪念。

一个“难妹”

邹韬奋

和我同时被捕的几个“难兄难弟”，关于他们的生平，我已和诸君谈过了。最后要谈到我们的一个“难妹”。这个名词似乎很生，但是既有“难兄难弟”，为什么不可有“难姊难妹”呢？男女是应该平等的，救国运动也应该是男女都来参加的。现在有了“难妹”，正是中国妇女界进步的象征，所以我用这个名词，很觉得愉快。说“难妹”而不说“难姊”，这是因为和我们同时被捕的那位史良女律师，在我们里面是年龄最小的一个。

在这次同患难的几个朋友里面，我和史律师见面得最迟，虽则她在律师界的声誉，以及她参加救国运动的英勇热烈，都是很早就知道的。她思想敏锐，擅长口才，有胆量，这是略有机会和她接近的人就可以看得出的。我觉得她尤其有一种坚强的特性，那便是反抗的精神——反抗黑暗的势力和压迫。这种精神，在她很小的时候就流露了出来。例如她在十三岁的时候（民国六年），在本县的武进女子师范附属小学求学，做高三的正级长，就领导同学驱逐一个才不胜任的算术教员，掀起学潮，罢课三天，结果终于达到掉换教员的目的，虽则因为她是这次学潮的首领，被记了一次大过，作为这个教员下场的条件。又例如她在十七岁的时候（民国十年），在女师本科三年级，因为同学们不满意颟顸的校长，她又领导同学驱逐校长，罢课示威，向南京教育局请愿，大闹县公署，包围县长三小时，围困教育局长十三小时，结果胜利，达到掉换校长的目的。当时她担任女师学生会会长，同时担任武进学联会评议部主任。

她二十三岁（民国十六年）毕业于上海法科大学。在随后五年里面，她担任过的职务有：南京总政治部政治工作人员养成所少校指导员，江苏省特种刑事法庭临时地方法院书记官，江苏省区长训练所训育员，江苏省妇女协会常务委员兼总务主任，青岛特别市党部训政科主任。自从民国二十年以来，她开始执行律师职务，在律师界已有五年了，有着很好的声誉，同时对于救国运动，非常努力。

史律师最近的被捕，已是第四次了。她在“五·四”和“五卅”的怒潮中，曾经热烈参加妇女运动和学生运动，因为演讲和领导的工作，被上海捕房拘捕过两次。她在政治工作人员养成所任职的时候，有某主任追求她，被她拒绝，竟被拘入南京模范监狱十四天，幸由吴稚晖、蔡孑民两先生查明保释。后来她在特种刑事法庭临时地方法院任职的时候，又有某君追求她，五六年未达到目的，又诬陷她和“反动”有关，经该院停职侦查，结果认为毫无反动嫌疑，宣告无罪，仍得恢复原职。

去年十一月二十二日深夜，她和我们这几个“难兄难弟”同时被捕。第二天由高三分院审问，认为证据不足，准许“责付”律师保出，公安局仍坚向法院请发拘票，她拒绝到案，后以同案六人解送苏州高等法院依法审理，她便于十二月三十日到苏州自行投案。

我曾经征求史律师对于妇女运动的意见。她认为：还在双重压迫下的中国妇女，一方面自应加倍努力，求自身能力的充实，在职业上、经济上力争男女平等的兑现，另一方面，也只有参加整个的反帝、反侵略的民族解放运动，才有前途。她又说，她最反对一种以出风头为目的的妇女，自己跳上了政治舞台，只求自己的虚荣禄位，朝夕和所谓“大人物”也者瞎混着，却把大众妇女的痛苦置诸脑后；这种妇女虽有一千人上了政治舞台，也只有一千人享乐，和大众妇女的福利是不相干的。

史律师还未曾结婚，有些朋友问她对于女子独身的意见，她说：“我始终没有提倡过独身主义。我觉得独身并不是一件高尚的事情；结婚也不是一件低微的事情。高兴结婚就结，不愿意就不结。不过为着要免除工作事业的阻碍起见（如生育与家事麻烦等），结婚就算是私人的幸福，也只有牺牲一点，多做些工作与事业。”

有人问她“嫁不嫁”，她反对这个“嫁”字。她说这个“嫁”字明明是重男轻女，把女子嫁给男子；换句话说，还是把女子当做男子的财产；她认为这种因袭陈腐的思想是人们所应当注意纠正的。

史律师的反抗和奋斗的精神是值得我们敬重的。我们要提倡妇女解放，“免除工作事业的阻碍”的确是一件很重要的先决条件。我在苏联视察的时候，就看到他们对于这一点非常努力进行。可是生育这件事，他们也看作妇女对于社会的贡献，不过要极力造成良好的环境，使结婚不至成为“工作事业的阻碍”。

男人和女人

庐隐

一个男人，正阴谋着要去会他的情人。于是满脸柔情地走到太太的面前，坐在太太所坐的沙发椅背上，开始他的忏悔："琼，在这个世界上只有你能谅解我——第一你知道我是一个天才，琼多幸福呀，作了天才者的妻！这不是你时常对我的赞扬吗？"

太太受催眠了，在她那感情多于意志的情怀中，漾起爱情至高的浪涛，男人早已抓住这个机会，接着说道："天才的丈夫，虽然可爱，但有时也很讨厌，因为他不平凡，所以平凡的家庭生活，绝不能充实他深奥的心灵，因此必须另有几个情人；但是琼你要放心，我是一天都离不得你的，我也永不会同你离婚，总之你是我的永远的太太，你明白吗？我只为要完成伟大的作品，我不能不恋爱，这一点你一定能谅解我，放心我的，将来我有所成就，都是你的赐予，琼，你够多伟大呀！尤其是在我的生命中。"

太太简直为这技巧的情感所屈服了，含笑地送他出门——送他去同情人幽会，她站在门口，看着那天才的丈夫，神光奕奕地走向前去，她觉得伟大，骄傲，幸福，真是哪世修来这样一个天才的丈夫！

太太回到房里，独自坐着，渐渐感觉得自己的周围，空虚冷寂，再一想到天才的丈夫，现在正抱在另一个女人的怀里："这简直是侮辱，不对，这样子妥协下去，总是不对的。"太太陡然如是觉悟了，于是"娜拉"那个新典型的女人，逼真地出现在她心头："娜拉的见解不错，抛弃这傀儡家庭，另找出路是真理！"太太急步跑上楼，从床底下拖出一只小提箱来，把一些换洗的衣服装进去。正在这个时候，门砰的一声响，那个天才的丈夫回来了，看见太太的气色不大对，连忙跑过来搂着太太认罪道："琼！恕我，为了我们两个天真的孩子您恕我吧！"

太太看了这天才的丈夫，柔驯得像一只绵羊，什么心肠都软了，于是自解道：“娜拉究竟只是易卜生的理想人物呀！”跟着箱子恢复了它原有的地位，一切又都安然了！

男人就这样永远获得成功，女人也就这样万劫不复的沉沦了！

女子故事

废名

中国的事情都是该女子倒霉。一方面非女子不行，从秀才人情纸半张算起，以致于国家大事，都好像如此。到得事情弄糟了的时候，这些女子又自然无所逃于天地之间。只有孔夫子算是懂得平等道理的，他虽然说“唯女子与小人为难养也”，话确是嫌老实了一点，然而我想也可以博得现在摩登太太们的同情，她们自己屈尊到媒人店里去找老妈子，也只好默认孔夫子的话有真理。孔夫子另外一句话则应该令古今一切男子们害羞，“吾未见好德如好色者也。”

真的，你们为什么不好德呢？你们也就不当好色。我写下“女子故事”这个题目，本意是关于做诗作文的，却不料下笔乃引起了男女两造的敌忾，殊为杀风景之至，未免被他褒女笑也，真是好笑得很。前回我因为写一篇小文说中国文章，拿了庾信的文章翻阅，见其《谢赵王赉丝布启》有“妻闻裂帛方当含笑”这么一句，有点自喜，心想我平日的论断恐怕很靠得住，庾信用典故应该是这么用，因为家里有许多新材料，自然要请裁缝来剪裁，于是女子自然喜欢，所以说“妻闻裂帛，方当含笑”了。若屈原的《天问》，虽然是心里有许多问题解决不了，“周幽谁诛焉得夫褒姒”，总之还是把女子与亡国两件事联在一起，只好算作“未能免俗”了。李商隐的《华清宫》，“未免被他褒女笑，只教天子暂蒙尘，”大约更是平空的自己好笑，有点故意效颦，但决无挖苦的意思。“巧笑知堪敌万几，倾城最在着戎衣，晋阳已陷休回顾，更请君王猎一围，”中国是否有这个倾城的女子不得而知，未必有这么大胆，总是诗人的胆大罢了。外国文学里倒可以找出这样的女子来。中国女人只可以哭不可以笑，所以杞梁之妻善哭，哭得敌人的城崩，笑则倾自己的城，亡自己之国了。孙武子的兵法是有名的，却也靠杀了两个女队长立威名，真是寒伧得可以。女人偏总是以好笑该死，谁叫你们不躲在闺中不出来呢？“梁王司马非孙武，且免宫中斩美人，”这却又是晚唐诗，诗意虽然可佳，总而言之这里头都很有危险性。“景阳宫井剩堪悲，不尽龙鸾誓死期。肠断吴王宫外水，浊泥犹得葬西施。”这一首《景阳井》，我觉得很好，诗里有两条冤鬼，一位就是张贵妃，一位是很古的西施。西施的事情我们不大清楚，只假定她是“水葬”，张贵妃同了亡国之君逃入井，自然是想不死，自然又被拖出来斩了，据说斩之于青溪。李商隐乃写这个景阳井。诗写得很美，其情亦悲，这些事情总不能怪女子，于是只有空井可哀，“肠断吴王宫外水，浊泥犹得葬西施”了。说来说去都是女子不幸，男子可羞。最后我却要引一段文章，是《聊斋志异》上面的，不可谓非难得，两株牡丹花变了两个女子，又由曹州姊妹变而为洛阳妯娌，在某生者家里做人家，“由此兄弟皆得美妇，而家又日以富。一日，有大寇数十骑突入第，生知有变，举家登楼。寇入围楼。生俯问有仇否。答言无仇，但有两事相求，一则闻两夫人世间所无，请赐一见；一则五十八人，各乞金五百。聚薪楼下，伪纵火计以胁之。先允其索金之请，寇不满志，欲焚楼。家人大恐。女欲与玉版下楼，止之不听，炫妆而下，阶未尽者三级，谓寇曰，我姊妹皆仙媛，暂时一履尘世，何畏寇盗，欲赐汝万金，恐汝不敢受也。寇众一齐仰拜，喏声不敢。姊妹欲退。一寇曰，此诈也。女闻之，反身伫立，日，意欲何作，便早图之，尚未晚也。诸寇相顾，默无一言。姊妹从容上楼而去。寇仰望无迹，哄然始散。”我们读之浮一大白。

04

他 们 笔 下 的 她 们

辑四

今后妇女的出路

清华男女同校运动之回顾与前瞻

梁实秋

一

醉候五十余，少小讽诗书；

吟咏想文姬，纂述慕大家。

所嗟时代隔，使我生怆恻！

倘得共磋磨，进益哪可测？

这是在清华男女同校运动鼎盛时代，国文教员赵瑞候先生在《周刊》上发表的几行诗。我想：这个轰轰烈烈的男女同校运动，自从民国十年下学期奔腾澎湃地活跃起来，学生呼吁舆论声援，《周刊》鼓吹，女界响应，然而到了如今，不但男女同校的目的没有丝毫达到，即是这种运动的勇气也似乎烟销火灭了。我觉得我们若是从此罢手，便是前功尽弃，绝不是奋斗者的行为。况且现在时变情迁，男女同校运动实在又有了新局面，我们不能不再接再厉，作最后之努力。过去之事实，往往可供现在之参考；将来之预测，又往往影响现在之方针——故此我现在有此篇之作。

二

当初美国退还庚子赔款，是为中国办教育用的，并未声明只为男子教育。清华历年招考，始终并未声明不收女生。但是，清华十二年来，学生尽是男生，到了现在，有人要求开放并未曾禁的女禁，学校当局板起面孔来说“不成！”但是，清华十二年来，始终没有一女生来应考，到了现在，还是用笔墨来做不平鸣。所以我觉得，男女同校运动的发生，实在是明显地暴露出学校当局的不当，女界的昏迷放任——总之，这个运动是一件可耻的而又不能不做的运动。

清华男女同校运动，直到了民国十年十月三十一日清华男女同校期成会开了成立会，才算是有了固定的组织，才算是初次采取激进的方式。以前，学生会虽然也讨论过，

《周刊》虽然也出过专号，但只是把这个问题提示出来，还说不上运动。男女同校期成会到了民国十年上学期，就不幸陷入了麻木不仁的状态，到了现在已然死僵了。不过他的成绩，我们不能抹杀。这个会之所以成立，可以完全说是受了外界的暗示。因为那时节，北京国立八校，次第招收女生，并且成绩都很满意，所以清华也起了同样的运动。成绩大概可分三项：

（一）宣传运动　《周刊》上时常有鼓吹的文字。北京《晨报》、《新社会报》等亦常有此项宣传的记载。

（二）上书校长　原书甚长，详论经济问题及斋务教务庶务问题，确是极完备的一篇实施的计划。彼时代理校长王先生，把这个问题提交董事会，于十日后正式答复，以“此层办法，窒碍殊多”八个大字批驳。

（三）联络女界　女界对此运动深表同情，有四位女士曾先后投稿《周刊》，并且还有很多人在北京报纸上鼓吹。

男女同校期成会半年来努力的结果，当然是我们不满意的，但是，他们在这个问题上确实尽了一番气力，把这个运动的重要的意义，深深地嵌入于校内外人士的心里。但是他们的力量，未免太微弱了，他们的意志也未免太不坚决了，才遭了一次的失败，便半途而辍——这是我们不能不责备他们的。

三

男女同校运动，第一次失败，是由于董事会在男女同校的原则上不赞成（根据王代校长于一九二一年十二月八日向学生某三人的谈话）。男女同校期成会遭了这个打击，才无形地解散。这个运动一直地停滞到了现在。

清华历任校长，对于男女同校的意见也可略说一说：

严鹤龄——“男女同校原则上鄙人亦不反对。就实际言，应自……幼稚园初等小学及大学之毕业班……清华程度居中学大学之间，目下不能突然实行男女同校之制度。”

金邦正——“学校有男女同校设备的，均宜兼收女生。”

前两位校长，在理论上没说反对的话，只对于实施上认为不可能。老实说，在理论上反对男女同校的，我们也决不能容他做校长。董事会反对男女同校的理论，我们也应该有相当的对付。

截至现在为止，学校当局——董事会和校长——表面上全是以实施的问题藉口，不肯即刻实行男女同校。但是董事会所谓“窒碍殊多”，完全是一句笼统的滑头的官话，没有指明窒碍究竟安在。严校长藉口清华居中学大学之间，以为抵抗男女同校运动；但明知清华将扩为大学，而对于招收女生之准备，在任内绝未提及。金校长更不必论，知“宜兼收女生”而不去招。归根到底，历任校长全没有招收女生的诚意。

四

民国十一年夏，中华教育改进社年会，通过了一个议案，请求清华实行招收女生。曹校长征求学生的意见，学生会的答复是，在理论上认为应该，在事实上认为可能。但是董事会讨论的结果，完全是不采纳中华教育改进社年会的议案，完全不尊重学生会的意见，以“经济困难”做挡箭牌，把请求男女同校的意见批驳不准。

“经济问题”还是实施问题之一部。学校当局只为了这一部分实施问题，不惜搁置在理论上有充分根据的主张，这是我们不能不遗憾的。校外各界，也极形不满，中华教育改进社委员会，女权运动同盟会等，全都提出抗议，吾人实不能不与以相当之同情。胡适之先生说清华是“在时代潮流上开倒车”，更是破的之论。

总结一句，男女同校运动，因为学校没有诚意的缘故，所以总是不能实现。即如现任校长曹先生，他对清华进行的计划（据十一月二十六日与《周刊》记者的谈话），对于男女同学一节，一字未提；像这样重大急迫的问题，居然不在校长进行计划的考虑之中，我们不能不惊异了。据目前的形势，学校当局不实行男女同校的理由大概是集中在经济问题。

我们站在现在的地位来观察已往的经过，来研究现在的情形，我们对于这个运动将采取什么样的态度呢？我们不能不承认男女同校的理论，那么我们对于男女同校运动的态度，当然永远是在赞成的一方面。我们现在所应研究的，倒是学校当局始终藉口的实施问题。这个问题若得圆满解决，全问题也就迎刃而解了。

五

我个人主张男女同校宜先从大学起，从前严校长也说过这样的话，不过在他那个时期，这是等于反对清华男女同校的论调；现在情形不同了，“大一”已然有了，不久还要改为“大二”，数年后“大三”“大四”……全有了。

大学实行开放后，高等科也可仿行。

关于经费问题，我以为可以丝毫没有阻碍。招收女生不是额外加添，只是招男生时准女子投考。若说现在经济困难，男生插班生尚不能招，学校经费还是靠借款；那我就不明白了，为什么不能借款招几十个女生插班大学？

况且美国第二批退还的赔款，即将到手，清华无论如何总可享受一部分，经济上丝毫不必恐慌。即是曹校长自己也说："……赔款之数，最后九年，当增一倍，除为扩充大学之用，非但足可还债且有剩余三百万作基金……"（据《周刊》记者谈话）清华什么地方都可省钱，惟独不可在招女生上节省，因为学生是学校的命脉，而男生与女生又是同样重要的。还有一节，清华近来开除的学生不少，学校决不能预算出来每年开除多少学生，那么，开除学生后的空额，岂不是在学校经费预算中有一笔没处开销的钱吗？所以，中等科、高等科或大学，凡是遇到开除一个学生的时候，我们就有添招一个女生的机会，于学校经费毫无阻碍的。须知清华现在招收女生，实在已是可耻的事了；并且招女生更不是分外生事，清华本就该兼收女生。我们现在觉悟了，知道应该招女生，以经费问题趑趄不前，我们岂不是不以耻为耻吗？胡适之所谓"别处尽可省钱，女子教育终是要顾虑到的"，实在是我们应该服膺的金石良言。据闻今年中等科还要招新生五十名，并且破了十二年来的成例于东三省各添设一额。试问：清华既是积极筹备大学，既是说经费困难，为什么还要招中等科新生，为什么还要五十名之多？为什么还破例添额？我觉得，中等科今年尽可不招新生移作女生经费。我曾说，从前历任校长，没有开放女禁的诚意，不幸我这句话到现在还是有事实的证明！

复次，校舍问题更容易办了。十月八日北京清华同学会以为男女同校事实上不能立刻办到，他们举出的困难点，即是经费问题和女生寝室饭堂问题。经费问题不再说，校舍问题我也曾在二五六期《周刊》上说："……校内房舍有好几年早就应该腾出来，……饭堂既可割出一块做运动员的雅座，当然可以给女生再割一块。"现在副校长一职已经裁撤，副校长住宅大概至少可以容纳二三十个女生，附近再添筑宿舍半年内亦可成功。浴室厕所，都容易办得很，那么，校舍问题，何难之有！

复次，教授问题，女生全数与男生同班，教员不必添聘。女生渐多的时候，徐图添开女生专门的学科。其余如斋务问题，则不论那位先生的太太，都可充女生斋务长。

总而言之，经济问题既经解决，实施方面便无阻碍。学校当局若还有疑虑，请公开地讨论。

六

实施方面，既然没有阻碍，我们便该实行促进的方法。我以为学生会现在应该起来做这个运动。同时，我希望男女同校期成会恢复他的组织，作最后的努力。我们运动的程序可分三个步骤，第一，宣传。第二，请求。宣传是在校内外鼓吹；请求是向学校当局商量。假如这两个步骤，全没有效果，我们便不能不执行第三个步骤就是：注意人的问题。

何谓“注意人的问题”？昭沄在《周刊》第七次的《增刊》上曾经解释说：“……办事人员应当注意，在今日办事，没有不受人监视的，要想苟延岁月，是万作不到的事，若是自己估量着责任太重，最好即早引退，以免因人误事。若他执迷不悟，群众感情一旦决裂，立刻就要演出悲剧来，总之在今日之苟安政策之下，男女同校必无实现之希望。要实现男女同校，必须变更政策。政策是因人而异的，所以人的问题，是实施问题之根本。所以今后的清华男女同校问题，应请执事人变更政策；这一步若作不到，就要注意人的问题了。”我以为清华果真在“时代潮流上开倒车”，我们乘车的人们实在不能袖手旁观。我们要沿着轨道往前进的，我们至少可以要求开车的机匠把车往前开。但是我们不愿意率尔便同开车的机匠争论，所以我把这个“注意人的问题”保留做最末后的步骤。

我现在掬诚正告同学：我们认为男女同校理论上是应当的，事实上是可能的，便勇往直前地做去！这是我们忠于真理的精神，并非对于任谁有自私的利益。

我再虔敬的谨请学校当局注意：时代潮流是终不能违背的。若说男女同校不能立刻实行，请把男女同校列入将来进行的计划里。若说今年暑假不能招女生，请从今年起做招女生的准备。开放女禁即如还债一般，非还不可，一次搪塞，二次支吾，早晚还是要还。若是真心不愿意男女同校，或是没有这个胆量，或是缺乏这种魄力，都不妨明白地表示，然后大家再想法子。

我再在这里预言：董事会若不改组，校长若不确定，学生若不努力，男女同校永没有在清华实现之一日。

专科女生可以停送吗？

梁实秋

学校今年暑假招考专科男生五名；招考中等科新生五十名，且破例在东三省添额。然而董事会以“经济困难”为理由，议决停送专科女生。

我们认定学校现在经济困难是事实，但是绝对地不赞成以经济困难为理由而单单地停送女生。我们以为学校经济无论是困难到什么地步，即是到了只有铜子二枚的时候，也该用一枚办男子教育，用一枚办女子教育。譬如现如经济困难，专科生尽可停送；今只停送专科女生，就有些“不大好”的态度了。所以，在现今学校尚有财力派送男生五名的经济状况之下，我们绝对地不承认“经济困难”四个字可以作完全停送专科女生的理由。

我们很知道考送专科女生不一定是最经济最合宜的办法，但在清华未实行男女同校以前，这是我们全国女界在这个被男子垄断的清华里所能获得的一些小小的权利。在有享受高等教育的资格的女子方面看，这又是她们要上进求学的惟一的途径。所以考送专科女生的施行，对于女界是有刻不容缓的急需；而对于清华方面还是在程度上一种不公平、不大方、可耻的行为。我们再反过来看，在现今男留学生可以车载斗量的时期，在我们学校觉悟留学政策不如办大学较为经济的时期，我们似乎应该明白考送专科男生不是一件值得借钱举办的事。然而今年暑假，要在一片“经济困难”声中，招考专科男生五名！假使有人说，清华是“在时代潮流上开倒车”，我们不能不充分地，虽然是不愿意地，与以同情。

关于女子[1]

徐志摩

也不知怎的我想起来说些关于女子的杂话。不是女子的问题。我不懂得科学，没有方法来解剖“女子”这个不可思议的现象。我也不是一个社会学家，搬弄着一套现成的名词来清理恋爱，改良婚姻或家庭。我也没有一个道学家的权威，来督责女子们去做良妻贤母，或奖励她们去做不良的妻不贤的母。我没有任何解决或解答的能力。我自己所知道的只是我的意识的流动，就那个我也没有支配的力

① 该篇为节选。

量。就比是隔着雨雾望远山的景物，你只能辨认一个大概。也不知是那里来的光照亮了我意识的一角，给我一个辨认的机会，我的困难是在想用粗笨的语言来传达原来极微纤的印象，像是想用粗笨的铁针来绣描细致的图案。所以，我今天所要查考的，不是女子，更不是什么女子问题，而是我自己的意识的一个片段。

我说也不知怎的我的思想转上了关于女子的一路。最显浅的原因，我想，当然是为我到一个女子学校里来说话。但此外也还有别的给我暗示的机会。有一天我在一家书店门首见着某某女士的一本新书的广告，书名是“蠹鱼生活”。这倒是新鲜，我想，这年头有甘心做书虫的女子。三百年来女子中多的是良妻贤母，多的是诗人词人，但出名的书虫不就是一位郝夫人王照圆女士吗？这是一件事，再有是我看到一篇文章英国一位名小说家做的，她说妇女们想从事著述至少得有两个条件，一是她得有她自己的一间屋子，这她随时有关上或锁上的自由。二是她得有五百一年（那合华银有六千元）的进益。她说的是外国情形，当然和我们的相差得远，但原则还不一样是相通的？你们或许要说外国女人当然比我们强，我们怎好跟她们比；她们的环境要比我们的好多少，她们的自由要比我们的大多少；好，外国女人，先让我们的男人比上了外国的男人再说女人吧！

可是你们先别气馁，你们来听听外国女人的苦处。在Queen Anne的时候，不说更早，那就是我们清朝乾隆的时候，有天才的贵族女子们（平民更不必说了）实在忍不住写下了些诗文就许往抽屉里堆着给蛀虫们享受，那敢拿著作公开给庄严伟大的男子们看，那不让他们笑掉了牙。男人是女人的“反对党”“The Oppose faction”，Lady Winchilsea说。趁早，女人，谁敢卖弄谁活该遭殃，才学那是你们的分！一个女人拿起笔就象是在做贼，谁受得了男人们的讥笑。别看英国人开通，他们中间多的是写“妇学篇”的章实斋。倒是章先生那板起道学面孔公然反对女人弄笔墨还好受些。他们的蒲伯，他们的John Gray，他们管爱文学有才情的女人叫做蓝袜子，说她们放着家务不管，“痒痒的就爱乱涂”。Margaret of Newcastle另一位有才学的女子，也愤愤地说“女人像蝙蝠或猫头鹰似的活着，牲口似的工作，虫子似的死……”且不说男人的态度，女性自己的谦卑也是可以的。Dorothy Osburne那位清丽的书翰家一写到那位有文才的爵夫人就生气，她说，“那可怜的女人准是有点儿偏心的，她什么傻事不做，倒来写什么书，又况是诗，那不太可笑了，要是我就算我半个月不睡觉我也到不了那个。”奥斯朋自己可没有想到自己的书翰在千百年后还有人当作宝贵的文学作品念着，反比那“有点儿偏心胆敢写书的女人”风头出得更大，更久！

再说近一点，一百年前英国出一位女小说家，她的地位，有一个批评家说，是离着莎士比亚不远的 Jane Austen——她的环境也不见得比你们的强。实际上她更不如我们现代的女子。再说她也没有一间她自己可以开关的屋子，也没有每年多少固定的收入。她从不出门，也见不到什么有学问的人；她是一位在家里养老的姑娘，看到有限几本书，每天就在一间永远不得清静的公共起坐间里装作写信似的起草她的不朽的作品。“女人从没有半个钟头，”Florence Nightingale 说，“女人从没有半个钟头可以说是她们自己的。”再说近一点，白龙德姊妹们，也何尝有什么安逸的生活。在乡间，在一个牧师家里，她们生，她们长，她们死。她们至多站在露台上望望野景，在雾茫茫的天边幻想大千世界的形形色色，幻想她们无颜色无波浪的生活中所不能的经验。要不是她们卓绝的天才，蓬勃的热情与超越的想象，逼着她们不得不写，她们也无非是三个平常的乡间女子，郁死在无欢的家里，有谁想得到她们——光明的十九世纪于她们有什么相干，她们得到了些什么好处？

说起来还是我们的情形比她们的见强哪。清朝的大文人王渔洋、袁子才、毕秋帆、陈碧城都是提倡妇女文学最大的功臣。要不是他们几位间接与直接的女弟子的贡献，清朝一代的妇女文学还有什么可述的？要不是他们那时对于女子做诗文做学问的铺张扬厉，我们那位文史通义先生也不至于破口大骂自失身分到这样可笑的地步。他在《妇学》里面说——

> 近有无耻文人，以风流自命，蛊惑士女，大率以优伶杂剧所演才子佳人惑人，大江以南名门大家闺阁，多为所诱，征诗刻稿，标榜声名，无复男女之嫌，殆忘其身之雌矣。此等闺娃，妇学不修，岂有真才可取，而为邪人播弄，浸成风俗，人心世道，大可忧也。

章先生要是活到今天看见女子上学堂，甚至和男子同学，上衙门公司店铺工作和男子同事，讲这个那个的党和男子同志，还不把他老人家活活地给气瘪了！

所以你们得记得就在英国，女权最发达的一个民族，女子的解放，不论那一方面，都还是近时的事情。女子教育算不上一百年的历史。女子的财产权是五十年来才有法律保障的。女子的政治权还不到十年。但这百年来女性方面的努力与成绩不能不说是惊人的。在百年以前的人类的文化可说完全是男性的成绩，女性即使有贡献是极有限的或至多是间接的，女子中当然也不少奇才异能，历史上不少出名的女子，尤其是文艺方面。希腊的沙浮至今还是个奇迹。中世纪的Hypatia，Heloise是无可比的。英国的衣里沙白，唐朝的武则天，她们的雄才大略，那一个男子敢不低头？十八世纪法国的沙龙夫人们是多少天才和名著的保姆。在中国，我们只要记起曹大家的汉书，苏若兰的回文，徐淑、蔡文姬、左九嫔的词藻，武曌的升仙太子碑，李若兰、鱼玄机的诗，李清照、朱淑真的词，明文氏的九骚——那一个不是照耀百世的奇才异禀。

这固然是，但就人类更宽更大的活动方面看，女性有什么可以自傲的？有女莎士比亚女司马迁吗？有女牛顿女倍根吗？有女柏拉图女但丁吗？就说到狭义的文艺，女性的成绩比到男性的还不是培塿比到泰山吗？你怪得男性傲慢，女性气馁吗？

在英国乃至在全欧洲，奥斯丁以前可以说女性没有一个成家的作者。从衣里沙白到法国革命查考得到的女子作品只是小诗与故事。就中国论，清朝一代相近三百年间的女作家，按新近饯单夫人的清闺秀艺文略看，可查考的有二千三百十二人之多，但这数目，按胡适之先生的统计，只有百分之一的作品是关于学问，例如考据历史算学医术，就那也说不上有什么重要的贡献，此外百分之九十九都是诗词一类的文学，而且妙的地方是这些诗集诗卷的题名，除了风花雪月一类的风雅，都是带着虚心道歉的意味，仿佛她们都不敢自信女子有公然著作成书的特权似的，都得声明这是她们正业以外的闲情，本算不上什么似的，因之不是绣余，就是爨余，不是红余，就是针余，不是脂余梭余，就是织余绮余（陈圆圆的职业特别些，她的词集叫舞余词），要不然就是焚余烬余未焚未烧未定一类的通套，再不然就是断肠泪稿一流的悲苦字样（除了秋瑾的口气那是不同些）。情形是如此，你怪得男性的自美，女性的气短吗？

但这文化史上女性远不如男性的情形自有种种的解释。自然的趋势，男性当然不能借此来证明女子的能力根本不如男子，女性也不能完全推托到男性有意的压迫。谁要奇怪女性的迟缓，要问何以女权论要等到玛丽乌尔夫顿克辣夫德方有具体的陈词，只须记得人权论本身也要到相差不远的日子才出世。人的思想的能力是奇怪的，有时他连蹿带跳地在短时期内发见了很多，例如希腊黄金时代与近一百五十年来的欧洲，有时睡梦迷糊地在长时期一无新鲜，例如欧洲的中世纪或中国的明代。它不动的时候就像是冬天，一切都是静定的无生气的，就像是生命再不会回来，但它一动的时候那就比是春雷的一震，转眼间就是蓬勃绚烂的春时。在欧洲从亚里士多德直到卢梭乃至叔本华，没有一个思想家不承认男女的不平等是当然的，绝对不值得并且也无从研究的；即使偶有几个天才不容自掩的女子，在中国我们叫做才女，那还是客气的，如同叫长花毛的鸭作锦鸡，在欧洲百年前叫做蓝袜子，那就不免有嘲笑的意思。但自从约翰弥勒纯正通达论妇女论的大文出世以来，在理论上所有女性不如男性或是女性不能和男性享受平等机会，以及共同负责文化社会的生存与进步的种种谬见偏见与迷信，都一齐从此失去了根据，在事实上，在这百年来女性自强的努力也已经显明地证明，女性只要有同等的机会，不论在那样事情上都不能比男性差；人类的前途展开了一个伟大的新的希望，就是此后文化的发展是两性共同的企业，不再是以前似的单性的活动。在这百年来虽则在别的方面人类依然不免继续他们的谬误，愚蠢，固执，迷信，但这百余年是可纪念的，因为这至少是一个女性开始光荣的世纪。在政治上，在社会上，在法律与道德上，在理论方面，至少女性已经争得与男性完全平等的地位。在事实上，女子的职业一天增多一天，我们现在不易想象一种职业男性可以胜任而女性不能的——也许除了实际的上战场去打仗，但这项职业我们都希望将来有完全淘汰的一天，我们决不希望温柔的女性在任何情形下转变成善斗杀的凶恶。文学与艺术不用说，女子是早就占有地位的，但近百年来的扩大也是够惊人的。诗人就说白朗宁夫人罗刹蒂小姐梅耐儿夫人三个名字已经是够辉煌的。小说更不用说，英美的出版界已有女作家超过男作家的趋势，在品质方面一如数量。J.A.George Eliot, George Sand, Bronte Sisters，近时如曼殊斐儿，薇金娜吴尔夫等等都是卓然成家为文学史上增加光彩的作者。演剧方面如沙拉贝娜，Duse, Eilen Terry，都是人类永久不可磨灭的记忆。论跳舞，女子的贡献更分明地超过男子，我们不能想象一个男性的 Isadora Duncan。音乐，画，雕刻，女子的出人头地的也在天天地加多。科学与哲学，向来是男性的专业，但跟着教育的发展，女子的贡献也在日渐地继长增高。你们只须记起 Madame Gurie 就可以无愧。讲到学问，现在有那一门女子提不起来的。

但这情形，就按最先进几国说，至多也不过一百年来的事，然而成绩已有如此的可观。再过了两千年，我想，男子多半再不敢对女子表示性的傲慢。将来的女子自会有她们的莎士比亚，倍根，亚里士多德，罗素，正如她们在帝王中有过衣里沙白、武则天，在诗人中有过白朗宁、罗刹帝，在小说家中有过奥斯丁与白龙德姊妹。我们虽则不敢预言女性竟可以有完全超越男性的一天，但我们很可以放心地相信此后女性对文化的贡献比现在总可以超过无量倍数，到男子要担心到他的权威有摇动的危险的一天。

但这当然是说得很远的话。按目前情形，尤其是中国的，我们一方面固然感到女子在学问事业日渐进步的兴奋与快慰，但同时我们也深刻地感觉到种种阻碍的势力还是很活动地在着。我们在东方几乎事事是落后的，尤其是女子，因为历史长，所以习惯深，习惯深所以解放更觉费力。不说别的，中国女子先就忍就了几千年身体方面绝无理性可说的束缚，所以人家的解放是从思想作起点，我们先得从身体解放起。我们的脚还是昨天放开的，我们的胸还是正在开放中。事实上固然这一代的青年已经不至感受身体方面的束缚，但不幸长时期的压迫或束缚是要影响到血液与神经的组织的本体的。即如说脚，你们现有的固然是极秀美的天足，但你们的血液与纤微中，难免还留有几十代缠足的鬼影。又如你们的胸部虽已在解放中，但我知道有的年轻姑娘们还不免感到这解放是一种可羞的不便。所以单说身体，恐怕也得至少到你们的再下去三四代才能完全实现解放，恢复自然生长的愉快与美。身体方面已然如此，别的更不用说了。再说一个女子当然还不免做妻做母，单就生产一件事说，男性就可以无忌惮地对女性说“这你总逃不了，总不能叫我来代你吧！”事实上的确有无数本来在学问或事业上已经走上路的女子，为了做妻做母的不可避免，临了只能自愿或不自愿地牺牲光荣的成就的希望。这层的阻碍说要能完全去除当然是不可能，但按现今种种的发明与社会组织与制度逐渐趋向合理的情形看，我们很可以设想这天然阻碍的不方便性消解到最低限度的一天。有了节育的方法，比如说，你就不必有生育，除了你自愿，如此一个女子很容易在她几十年的生活中匀出几个短期间来尽她对人类的责任。还有将来家庭的组织也一定与现在的不同，趋势是在去除种种不必要精力的消耗（如同美国就有新法的合作家庭，女子管家的担负不定比男子的重，彼此一样可以进行各人的事业）。所以问题倒不在这方面。成问题的是女子心理上母性的牢不可破，那与男子的父性是相差得太远了。我来举一个例。近代最有名的跳舞家 Isadora Duncan 在她的自传里说她初次生产时的心理，我觉得她说得非常的真。在初怀孕时她觉得处处的不方便，她本是把她的艺术——舞——看得比她的生命都更重要的，她觉得这生产的牺牲是太无谓了。尤其是在生产时感到极度的痛苦时（她的是难产），她是恨极了上帝叫女人担负这惨毒的义务；她差一点死了。但等到她的孩子一下地，等到看护把一个稀小的喷香的小东西偎到她身旁去吃奶时，她的快乐，她的感激，她的兴奋，她的母爱的激发，她说，简直是不可名状。在那时间她觉得生命的神奇与意义——这无上的创造——是绝对盖倒一切的，这一相比她原来看作比生命更重要的艺术顿时显得又小又浅，几乎是无所谓的了，在那时间把性的意识完全盖没了后天的艺术家的意识。上帝得了胜了！这，我说，才真是成问题，倒不在事实上三两个月的身体的不便。这根蒂深而力道强的母性当然是人生的神秘与美的一个重要成分，但它多少总不免阻碍女子个人事业的进展。

所以按理论说男女的机会是实在不易说成完全平等的，

天生不是一个样子，你有什么办法？但我们也只能说到此，因为在一个女子，母性的人格，母性的实现，按理是不应得与她个人的人格，个性的实现相冲突的。除了在不合理的或迷信打底的社会组织里，一个女子做了妻母再不能兼顾别的，她尽可以同时兼顾两种以上的资格，正如一个男子的父性并不妨害他的个性。就说D，她不能不说是一个母性特强（因为情感富强）的一个女子，但她事实上并不曾为恋爱与生育而至放弃她的艺术的追求。她一样完成了她的艺术。此外做女子的不方便当然比男子的多，但那些都是比较不重要的。

我们国内的新女子是在一天天可辨认地长成，从数千年来有形与无形的束缚与压迫中渐次透出性灵与身体的美与力，象一支在箨裹中透露着的新笋。有形的阻碍，虽则多，虽则强有力，还是比较容易克除的，无形的阻碍，心理上，意识与潜意识的阻碍，倒反须要更长时间与努力方有解脱的可能。分析地说，现社会的种种都还是不适宜于我们新女子的长成的。我再说一个例。比如演戏，你认识戏的重要，知道它的力量。你也知道你有舞台表演的天赋。那为你自己，为社会，你就得上舞台演戏去不是？这时候你就逢到了阻力。积极的或许你家庭的守旧与固执。消极的或许你觅不到相当的同志与机会。这些就算都让你过去，你现在到了另一个难关。有一个戏非你充不可，比如说，那碰巧是个坏人，那是说按人事上习惯的评判，在表现艺术上是没有这种区分的，艺术须要你做，但你开始踌躇了。说一个实例，新近南国社演的沙乐美，那不是一个贞女，也不是一个节妇。有一位俞女士，她是名门世家的一位小姐，去担任主角。她只知道她当前表现的责任。事实上她居然排除了不少的阻难而登台演那戏了。有一晚她正演到要热慕地叫着“约翰我要亲你的嘴”，她瞥见她的母亲坐在池子里前排瞪着怒眼望着她，她顿时萎了，原来有热有力的声音与诗句几于嗫嚅地勉强说过了算完事。她觉得她再也鼓不住她为艺术的一往的勇气，在她母亲怒目的一视中，艺术家的她又萎成了名门世家事事依傍着爱母的小姐——艺术失败了！习惯胜利了！

所以我说这类无形的阻碍力量有时更比有形的大。方才说的无非是现成的一个例。在今日一个女子向前走一个步都得有极大的决心和用力，要不然你非但不上前，你难说还向后退——根性，习惯，环境的热力，种种都牵掣着你，阻搁着你。但你们各个人的成或败于未来完全性的新女子的实现都有关连。你多用一分力，多打破一个阻碍，你就多帮助一分，多便利一分新女子的产生。简单说，新女子与旧女子的不同是一个程度，不定是种类的不同。要做一个新女子，做一个艺术家或事业家，要充分发展你的天赋，实现你的个性，你并没有必要不做你父母的好女儿，你丈夫的好妻子，或是你儿女的好母亲——这并不一定相冲突的（我说不一定因为在这发轫时期难免有各种牺牲的必要，那全在你自己判清了利弊来下决断）。分别是在旧观念是要求你做一个扁人，纸剪似的没有厚度没有血脉流通的活性，新观念是要你做一个真的活人，有血有气有肌肉有生命有完全性的！这有完全性要紧——的一个个人。这分别是够大的，虽则话听来不出奇。旧观念叫你准备做妻做母，新观念并不不叫你准备做妻做母，但在此外先要你准备做人，做你自己。从这个观点出发，别的事情当然都换了透视。我看古代留传下来的女作家有一个有趣味的现象。她们多半会写诗，这是说拿她们的心思写成可诵的文句。按传说，至少一个女子的文才多半是有一种防身作用，比如现在上海有钱人穿的铁马甲，从周南的蔡人妻作的芣苢三章，召南申人女行露三章，卫共姜柏舟诗，陈风墓门陶婴黄鹄歌，宋韩凭妻南山有乌句乃至罗敷女陌上桑都是全凭编了几句诗歌而得幸免男性的侵凌的。还有卓文君写了白头吟司马相如即不娶姨太太，苏若兰制了回文诗扶风窦滔也就送掉他的宠妾。唐朝有几个宫妃在红叶上题了诗从御沟里放流出外因而得到夫婿的。（“一入深宫里，无由得见春。题诗花叶上，寄与接流人。”）此外更有多少女子作品不是慕就是怨。如是看来文学之于古代妇女多少都是于她们婚姻问题发生密切关系的。这本来是，有人或许说，就现在女子念书的还不是都为写情书的准备，许多人家把女孩送进学校的意思还不无非是为了抬高她在婚姻市场上的卖价？这类情形当然应得书篇似的翻阅过去，如其我们盼望新女子及早可以出世。

这态度与目标的转变是重要的。旧女子的弄文墨多少是一种不必要的装饰；新女子的求学问应分是一种发见个性必要的过程。旧女子的写诗词多少是抒写她们私人遭际与偶尔的情感；新女子的志向应分是与男子共同继承并且继续生产人类全部的文化产业。旧女子的字业是承认女子无才便是德的大条件而后红着脸做的事情，因而绣余炊余一流地道歉；新女子的志愿是要为报复那一句促狭的造孽格言而努力给男性一个不容否认的反证。旧女子有才学的，理想是李易安的早年的生涯——当然不一定指她的“被翻江浪，起来慵自梳头”一类的艳思——嫁一个风流跌宕一如赵明诚公子的夫婿（“赖有闺房如学舍，一编横放两人看”），过一些风流而兼风雅的日子；新女子——我们当然不能不许她私下期望一个风流的有情郎（“易求无价宝，难得有情郎”），但我们却同时期望她虽则身体与心肠的温柔都给了她的郎，她的天才她的能力却得贡献给社会与人类。

今后妇女的出路

庐隐

时代的轮子不停息地在转动，易卜生早已把妇女的出路指示了我们。当然娜拉的出走，是不容更有所迟疑的。不过在事实上，娜拉究竟是极少数，而大多数的妇女呢，仍然作着傀儡家庭中的主角。而且有一些懒散惯的妇女，她们拿拥护母权作挡箭牌，暗地里过着寄生的享乐生活。另有一部分人呢，因为脑子里仍存着封建时代的余毒，认定“男治外女治内”的荒谬议论，含辛茹苦作一个无个性的柔顺贤妻，操持家务的良母。同时许多男性中心的教育家，唯恐妇女有了本事，不利于男人们，便极力地反对妇女到社会上去，什么妇女的智力体力赶不上男人啰，又是贤妻良母是妇女唯一的天职啰，拿这些片面之辞的帽子压到妇女头上，使她们不得不回到家里去。

其结果呢，一失掉了独立的人格，二失掉了社会的地位，三埋没了个性。真是为害不浅呢！不信，听我细细说来：

一、失掉了独立的人格

妇女回到家里去，她们的世界除了家庭还是家庭，她们所应付的，也仅仅是家庭里的几个人，她们的能力，也仅仅懂得一些琐碎杂务的操持，一旦叫她们离开家庭到社会上来，对于一切都感到陌生，无法应付，结果只好躲在男人背后，受尽他们的支配，任他们去宰割，爱之当宝贝，恶之弃若敝屣；而妇女呢，还得继续受下去，因为她们已失掉了独立的人格。这样结果，便造成畸形的病态的社会了。

二、失掉了社会的地位

不论男女，天经地义地应取得社会地位。人类对于社会负有义务，当然也应享有权利。而妇女们对于社会似乎不负责任，当然社会的一切权利、设施，也只以男子为对象。但是妇女为什么对社会不负责任？为什么不想享受社会上的权利？不怪别的，只怪她们错误了。她们把自己锁在家里，使男子得有垄断社会事业的机会，使男子的势力膨胀到压得妇女不能喘气，唉，这是多么悲惨的现象呢！

三、埋没了个性

妇女的天性，果然有些和男人不同，但不同和同，也要看环境的，如果男女的环境完全一样，其不同之点，与其说是心理上的，不如说是生理上的更多些；而生理上的不同，也可以加以人力，而使之能力方面，无所差别。比如说乡间的妇女，她们能锄地，挑柴；男人呢，也能作裁缝理发等细腻工作。如此看来，人类只有个性的差异，而无男女间的轩轾，所以妇女们虽有喜欢在家庭操持家务，抚育儿女的，但也有许多人是喜欢作科学家、政治家、教育家、工程师、医生种种的事业；而既往的妇女，也为了回到家里去，埋没了个性，牛马般地作着不愿意作的工作。这不但是妇女的损失，也是国家的损失，甚至还是人类的损失呢！

就以上三点看来，主张妇女回到家里去的论调，当然算不得正确。不过在家庭制度还存在的今日，我们也不能说所有的妇女都到社会上去，置家事于不顾。那么如之何而后可呢？我以为家庭是男女共同组织成的，对于家庭的经济，固然应当男女分担；对于家庭的事务，也应当男女共负。除了妇女在生育期中，大家都当就其所长服务社会，求得各人经济之独立。男女间只有互助的、共同的生活，而没有倚赖的生活。

至于对于家务的料理，子女的教养，职业妇女似乎有不能兼顾之弊，但我们不能因噎废食，并且也不是绝对没有补救的方法。如果我们能找到一个性近于家事，而妥当的保姆，替我们整理家务，保育子女，在她们也是一种职业，不害她们的人格独立，经济独立，个性发展种种方面，这所谓之两不相害而且相成。

所以我对于今后妇女的出路，就是打破家庭的藩篱到社会上去，逃出傀儡家庭，去过人类应过的生活；不仅仅作个女人，还要作人，这就是我唯一的口号了。

义务与权利

——在北京女子师范学校演说词

蔡元培

贵校成立，于兹十载，毕业生之服务于社会者，甚有声誉，鄙人甚所钦佩。今日承方校长属以演讲，鄙人以诸君在此受教，是诸君的权利；而毕业以后即当任若干年教员，即诸君之义务，故愿为诸君说义务与权利之关系。

权利者，为所有权、自卫权等，凡有利于己者，皆属之。义务则几尽吾力而有益于社会者皆属之。

普通之见，每以两者为互相对待，以为既尽某种义务，则可以要求某种权利，既享某种权利，则不可不尽某种义务。如买卖然，货物与金钱，其值相当是也。然社会上每有例外之状况，两者或不能兼得，则势必偏重其一。如杨朱为我，不肯拔一毛以利天下；德国之斯梯纳（Stirner）及尼采（Nietsche）等，主张唯我独尊，而以利他主义为奴隶之道德。此偏重权利之说也。墨子之道，节用而兼爱；孟子曰：生与义不可得兼，舍生而取义。此偏重义务之说也。今欲比较两者之轻重，以三者为衡。

（一）以意识之程度衡之。下等动物，求食物，卫生命，权利之意识已具；而互助之行为，则于较为高等之动物始见之。昆虫之中，蜂、蚁最为进化。其中雄者能传种而不能作工。传种既毕，则工蜂、工蚁刺杀之，以其义务无可再尽，即不认其有何等权利也。人之初生，即知吮乳，稍长则饥而求食，寒而求衣，权利之意义具，而义务之意识未萌。及其长也，始知有对于权利之义务。且进而有公而忘私、国而忘家之意识。是权利之意识，较为幼稚；而义务之意识，较为高尚也。

（二）以范围之广狭衡之。无论何种权利，享受者以一身为限；至于义务，则如振兴实业、推行教育之类，享其利益者，其人数可以无限。是权利之范围狭，而义务之范围广也。

（三）以时效之久暂衡之。无论何种权利，享受者以一生为限。即如名誉，虽未尝不可认为权利之一种，而其人既死，则名誉虽存，而所含个人权利之性质，不得不随之而消灭。至于义务，如禹之治水，雷绥佛（Lessevs）之凿苏彝士河，汽机、电机之发明，文学家、美术家之著作，则其人虽死，而效力常存。是权利之时效短，而义务之时效长也。

由是观之，权利轻而义务重。且人类实为义务而生存。例如人有子女，即生命之派分，似即生命权之一部。然除孝养父母之旧法而外，曾何权利之可言？至于今日，父母已无责备子女以孝养之权利，而饮食之，教诲之，乃为父母不可逃之义务。且《列子》称愚公之移山也，曰："虽我之死，有子存焉。子又生孙，孙又生子，子子孙孙，无穷匮也，而山不加增，何苦而不平？"虽为寓言，实含至理。盖人之所以有子孙者，为夫生年有尽，而义务无穷；不得不以子孙为延续生命之方法，而于权利无关。是即人之生存，为义务而不为权利之证也。

惟人之生存，既为义务，则何以又有权利？曰：盖义务者在有身，而所以保持此身，使有以尽义务者，曰权利。如汽机然，非有燃料，则不能作工，权利者，人身之燃料也。故义务为主，而权利为从。

义务为主，则以多为贵，故人不可以不勤；权利为从，则适可而止，故人不可以不俭。至于捐所有财产，以助文化之发展，或冒生命之危险，而探南北极、试航空术，则皆可为善尽义务者。其他若厌世而自杀，实为放弃义务之行为，故伦理学家常非之。然若其人既自知无再尽义务之能力，而坐享权利，或反以其特别之疾病若罪恶，贻害于社会，则以自由意志而决然自杀，亦有可谅者。独身主义亦然，与谓为放弃权利，毋宁谓为放弃义务。然若有重大之义务，将竭毕生之精力以达之，而不愿为家室所累；又或自付体魄，在优种学上者不适于遗传之理由，而决然抱独身主义，亦有未可厚非者。

今欲进而言诸君之义务矣。闻诸君中颇有以毕业后必尽教员之义务为苦者。然此等义务，实为校章所定。诸君入校之初，既承认此校章矣。若于校中既享有种种之权利，而竟放弃其义务，如负债不偿然，于心安乎？毕业以后，固亦有因结婚之故，而家务、校务不能兼顾者。然胡彬夏女士不云乎："女子尽力社会之暇，能整理家事，斯为可贵。"是在善于调度而已。我国家庭之状况，烦琐已极，诚有使人应接不暇之苦。然使改良组织，日就简单，亦未尝不可分出时间，以服务于社会。又或约集同志，组织公育儿童之机关，使有终身从事教育之机会，亦无不可。在诸君勉之而已。

卢梭论女子教育

梁实秋

商务印书馆出版的卢梭杰作《爱弥尔》的中文译本序言里有下列一段话:

> 本书的第五编即女子教育，他的主张非但不彻底，而且不承认女子的人格，和前四编的尊重人类相矛盾；此实感染于千余年来的潜势。虽遇天才，也不免受些影响呢。所以在今日看来，他对于人类正当的主张，可说只树得一半……

我的意思稍微有点不同。我觉得本书第五编即女子教育，他的主张非但极彻底，而且是尊重女子的人格，和前四编的尊重人类前后一贯；此实足矫正近年来男女平等的学说，非遇天才曷克臻此？所以在今日看来，他在教育学说上所造的孽，可说只造得一半。

卢梭论教育，无一是处，惟其论女子教育，的确精当。卢梭论女子教育是根据于男女的性质与体格的差别而来。他说："男子和女子，因为他们的性质和体格不同，所以他们的教育也不能相同。"谁能承认男子和女人没有分别？如其教育是因人而设的，那么女子自然应有女子的教育。

近代生物学和心理学研究的结果，证明不但男子和女人是有差别的，就是男子和男子，女人和女人，又有差别。简而言之，天下就没有两个人是无差别的。什么样的人应该施以什么样的教育。

我觉得"人"字根本地该从字典里永远注销，或由政府下令永禁行使，因为"人"字的意义太糊涂了。聪明绝顶的人，我们叫他做人，蠢笨如牛的人，也一样地叫做人；弱不禁风的女子，叫做人，粗横强大的男人，也叫做人；人里面的三流九等，无一非人。近代的德谟克拉西的思想，平等的观念，其起源即由于不承认人类的差别。近代所谓的男女平等运动，其起源即由于不承认男女的差别。人格是一个抽象名词，是一个人的身心各方面的特点的总和。人的身心各方面的特点既有差别，实即人格上亦有差别。所谓侮辱人格者，即是不承认一个人特有的人格，卢梭承认女子有女子的人格，所以卢梭正是尊重女子的人格。抹杀女子所特有之特性者，才是侮辱女子人格。

男女平等的观念之影响于近代女子教育趋势者，至大且深。现代女子教育最显著的趋势，就是把女子训练得愈像男子愈好。这样的教育，是否徒劳而无功，很是一疑问。卢梭说："女人像一个女人，是好的，像一个男人，就不好。所以女人如养成她做女人的特性，那是正当的事情。但若要夺男子的威权，那么无论在什么地方，都将落后于男子。"现代时髦女子，可以抽雪茄，可以比赛足球，可以做参议员，可以做省长，可以做任何男子可以做的事。即使女子做这些事可以比男子还做得好，但是她已失去了她的女子特性。正当的女子教育应该是使女子成为完全的女子。

教育的范围很广，不仅指学校里的生活，更不仅书本上的训练，举凡一切身心各方面的发展，都在教育的范围以内。卢梭所最仰慕的女子教育是希腊的女子教育。希腊女子在结婚前注意身体的优美地发展，"不和男儿同队伍，而常现于公众的面前。差不多没有一个祝日、牺牲日、巡行日等，没有少女队或市长的少女队加入的时候。这般女人，戴花冠，唱圣诗，合成舞蹈的合唱，而携带蓝瓶献物等出外游行，见者惝恍……”“但希腊的女人到结婚之后，便从公众生活隐退，而围于自己家庭四壁之中，埋于家事，为夫做事。这个是适于自然和理论女子的职分。”卢梭认定理家为女子分内的事，这在现今妇女运动家看来，直是谬误的思想。

卢梭说：“在法兰西，少女蛰居于家内，而妻反出行于世间。在古时正相反对：女子任意的游行，也有出行于公会的，结婚的妇女，隐居于家内。此种古风，比现代的为合理，且适合于维持社会道德。结婚前的少女可有一种娇爱术，她们的大部的时业，在于娱乐。但做了妻，必须为家庭的周旋，没有求夫的必要，所以当着实地去做事。”为预备做妻起见，女子在婚前也不可不有相当的准备。卢梭主张女子教育应该注重女子服从心之养成，及柔和的性格。“男孩可使他尽量的吃饱，而女孩这样是不行的。”卢梭以为女孩处处都该受些束缚节制。

最后，卢梭认定女子到了适当的年龄是要结婚的，这是自然的法则，不可避免的。所以卢梭在《爱弥尔》的篇末一再地叮咛苏菲亚以配偶的选择。令女子有适当选择配偶的眼光与能力，乃是女子教育的很重要的一部分。现在的女子教育的趋势似乎有些注重女子经济独立的预备，驯致现代独身的女子一天比一天多，这实在是一件极不自然的事，也可说是现代女子教育的一项缺憾。

卢梭的根本哲学是“自然主义”。他论《爱弥尔》的教育一尚自然，论苏菲亚的教育固仍以“自然”为指归。卢梭主张平等，但是卢梭并不否认“自然的不平等”。此种思想已于其《民约论》及《不平等起源论》中见之。我们若从自然主义方面观察，则卢梭之论女子教育固与其向来主张一贯，毫无矛盾。今人喜欢卢梭的平等论，但大半的人并不如卢梭讲得那么彻底，凡卢梭学说之合吾人胃口者则容纳之，且从而宣扬之，其真有精彩如论女子一章，反被世人轻视。卢梭讲平等论的时候，只要心目中不忘了“自然的不平等”，他的平等论便是最有价值的。自然的不平等，是件事实，卢梭之论女子教育，就是没有撇开事实的理论。承认男女的差别，便是承认自然的一部分。卢梭的女子教育论是卢梭的自然主义中最健全的一部，也是卢梭平等论中最难得的一个例外。从平等论方面观察，他的论女子教育，容或与他平素主张少有出入，从自然主义方面观察，则是顺理成章，毫无矛盾。

女子的自立与教育

杨振声

托尔斯泰在他年老的时候，有人问他对于女子的意见，他说是等他把一条腿踏进了棺材，才能发表。我猜他不过是怕说了出来挨打，预备躲在棺材里头。他决没有“彼哉彼哉”的意思。虽然在他初次接见高尔基的时候，提及高尔基的《二十六个男子与一个女子》。他对于女子的意见并不文雅，把高尔基都弄气了。我只疑心现在大家放大了声音来讨论教育问题，而女子教育独独没有问题。这是不是因为棺材没预备好，所以不敢开口？或者是女子教育不成问题，反正是附属于男子教育的。有了男女同学，也就各得其所了。

托尔斯泰的确是有点无礼，假使他说得对，女子中并不少比男子还明白的人；假使他错了，他早就该爬进棺材去，不是？

不过不能不使人有些怀疑的，是自古以来，男子要把女子当做家庭的玩物也好，捧做学校的皇后也好，反正女子是执行男子的意见，从没反抗过——从没自身有一种彻底的自觉，因而努力造成一个自立的地位。男子要闺秀，女子就缠了足坐在床上，见了人羞答答地低下头。男子要街秀，女子便放了足，剪短了裙子满街乱跑。男子好细腰，在中国饿死了多少人，在西洋也留下了一副腰型——Corset，至今还是时髦！曾见过一篇小说，开头是："醉人的春风透人衣袖，像小女的手一般温柔地抚摸着……"听见了罢（这肉麻的口吻，分明是个男子写的——无论如何我希望不是女子写的）？以前这叫做"手如柔荑"，现在是叫做"手如春风"了。同样的以前叫做"水蛇腰"，或更文雅点叫做"柳腰"，现在是叫做"曲线美"；以前是"弓鞋凤头窄"，现在是"皮鞋后跟高"，如此而已。名词改了，观念并未改。

不，我并不反对女子好看点，这也正如女子并不赞成男子丑看点，同是生物学的自然道理。（在低于人类的多数动物中，两性间的美的引诱，是由雄性负责的。自然他们的美得靠天然不能靠艺术，除了看见过如猫一类的睡醒后用唾沫洗洗脸外，没有胭脂粉可抹。）不过在这个好看以外——或可说是以上，女子更应有使男子低头的地方。也就是说，人类除生育以外，还有人类生活的责任在。女子除了同男子共负这责任以外，没有其余的道路可以达到平等自由的目的。若单只是男子要女子做家庭之花，女子也就装扮起来坐着给丈夫看；男子要女子做社会之花，女子也就装扮起来走着给大家看；那平等自由，不过是男子欺骗女子与女子欺骗自己的一种把戏而已，哪里是真的！真的平等自由，不在男子口头的谄谀，而在女子手中的证券。这证券就是：女子对于人类生活的需要，也负起一部分贡献的能力。养成女子体力与脑力所适宜，以及在某种社会里所需要的这种贡献能力，就是女子的教育。

此处有点小小的误会，而形成并不小小的错误的，是在贡献二字的解释。一般地总认为了不得的科学发明才算贡献，了不得的学问家才能贡献。其实这只是误会。把生米做成熟饭，与把蒸汽变为马力，其范围有不同，其对于人种生活的需要上，为贡献是一样。织成一条毛巾与造成一架飞机，其应用有不同，其对于人类生活的需要上，为贡献也是一样。一个扫街的清道夫，其贡献并不必亚于一个卫生部长，还得那个卫生部长真能有贡献的话。一个采桑的女子，其贡献也并不必亚于一个大学的植物教授，假若那位教授真能做点研究工作。我们必须明白这一层，才能讲到分工合作，也才能做到真的自由平等。所谓分工者，就是各人以其体力与脑力之所胜任，而以相当的自由选择其工作。所谓合作者，也就是各人以平等的身份，在各方面贡献人类的需要以维持及增进大家的生活。假若有高下的话，那不在工作的不同，而在工作得尽职不尽职。一个尽职的校工，在职业的道德上与精神的安宁上都比一个不尽职的校长为高。虽然在人类的误会上，校长无论如何总比校工高，因为校工见了他得立正。

如此看来，不必一定男子学采矿，女子最少也得学冶金，才算平等；也不一定男子学政治，女子必得学经济，她才能对他讲自由。平等要在贡献于人类需要上找，自由是因为她的贡献而得到自立的地位。不寄生于男子也就不必做他手中的石膏，任他捏造。但今日根据于男女平等自由所立的教育制度，以及女子自身所走的平等自由的方向，都还是像中国人作“对子”的一套把戏，什么“天对地，雨对风，大陆对长空”，由男女平等所发生的一切制度与观念，都和这对子一模一样！

有一次碰到几个大学的男女同学在一块讨论婚姻问题，这自然要算是再适宜没有的场合了。据男子的表示，是要个太太治家；而女子的表示，又是同男子一样地在社会做事。

男子反对女子的做事，女子也反对男子的治家。更怪的是：在场的男子都是一个看法，在场的女子也都是一个看法。她们且说："若只要我们管家，我们入大学学这些无用的东西干什么！"这是多深刻的一种异性冲突，多矛盾的一种社会现象，又多悲剧的一种女子的歧途！这症结当然在中国的社会并未进步到整个的工业化——上帝知道几时有那一天！不，尚且整个地建筑在家庭制度上（并没有儿童公有机关，且完全是"一夫八口之家"的经济生活），而女子教育的观念，却像似早已脱离家庭制度，进步到工业化的社会了！这就是这出悲剧的由来。我说在某一种社会所需要的贡献，就因为教育不能离开社会的实际需要以及其进化的步骤，而只凭空地去造一座海市蜃楼！在社会还以家庭为单位的时候，男子既要负"八口之家"的经济责任，他不能兼及家事，于是乎要一位太太管家，这当然不能说是男子的自私。女子既然跟着男子入了中学，又跟着男子出了大学，男子学的是文理法工等等，女子最少也学了文理法等等，既然所学的是一样，她就要像男子一样的做事，这当然更不能说是女子的不对。那么这个错误在哪里？基于一般平等的误解生出来的一种不着实际的女子教育。我重新声明中国在社会的演化上，还没有走出家庭的阶段，家庭就是社会最重要的组织，为什么在一般的观念中，家庭不放在社会事业中？为什么管家务就不及管校务国务，既然都是社会的需要？一个在田间工作的女子，何以不及一个机关中的“花瓶”（这是女职员在南京普通的名词，不是我造的，不敢掠美）？更有，在儿童未能公育以前，对于教养小孩子最神圣的责任，何以偏不是社会中最基本最重要的贡献？女子在身体的构造上及对婴儿的情感上，负这个责任都比粗鲁的男子相宜（这是很普遍的动物界的现象，不独人类为然），就是将来做到儿童公育，也是得请女子去负责。为什么这种神圣的责任，女子看来比不上男子的做官？是了，有些地方的结婚，本有“汉养”与“养汉”的分别。假若女子愿意的话，又何妨“桌子掉过来”试一试，让女子在街上推土车，男子在家里抱小孩？我想，假若女子没有怀妊及其他的不便，或小孩子在家里哭的时候，男子放一个大拇指在他嘴里，他就可以不哭，那这个“养汉”的制度，也未尝不可风行全世界，最少也会风行于咱们这“懒汉”的全中国。

不幸这制度没通行，女子在学校毕业后出到社会上，是“四顾茫茫，不知所之”。因为教育不适合社会的需要。男子出校后，还有十分之七八是失业的，女子也学了同样的东西，哪里去找职业？烦恼地追求，失望地徬徨，把理想都打成粉末后，找到一种职业了——还是几千年的旧业，嫁人！嫁人何尝不是“终身大事”，只可惜学了这“满腹文章”与这“满腹经纶”，结果在这管家婆的职位上有什么用？便是学理科的，也不能拿厨房当实验室不是？故性情沉静的，不免抑抑，性情浮躁的，不免愤怨。这家庭幸福的基础便早已动摇了！更有一些，就说是少数吧，她们也许是因为生得漂亮，也许是因为看多了那肉麻的文学和电影，家庭简直是她们的狱牢！那“辜负香衾”的丈夫一早出门做事去了，她懒懒地睡到 10 点钟，没奈何懒懒地起来梳了头，又懒懒地坐着感觉没事做。厨子做的饭不好，懒得吃；裁缝做的衣服不时髦，也懒得穿。到公园去吧，又懒得动；拿本书来解闷吧，又懒得看。只好懒懒地对着镜子出神，这说不出的人生的空虚，青春的烦恼！好容易等到丈夫回家吃了晚饭陪她出去看电影。在结婚的第一年，他堆着笑陪她去，在结婚的第二年，他垂了头陪她去，在结婚的第三年，他叹着气陪她去，在结婚的第四年，他简直就恕不奉陪了！她只好找位仗义的朋友陪她去。第一次看电影，夜 11 点回家，丈夫坐在那里看《良友》。第二次听戏，12 点半回家，丈夫面朝里躺在床上假装睡着了。第三次跳舞，早晨 3 点钟还没回来，丈夫急得在床上乱蹬腿。

这口过诚然该挨打，但这事实如何涂抹得掉呢？这并不是女子的权力，而是女子的自杀！我曾听到几个大学毕业的男生说他们不能结婚，因为他们毕业后，就使找到事，也不过每月百元上下的收人，供给不了一位摩登女子，尤其是大学毕业的女生。这自然，他们说出的是一种事实，说不出的还有一种心理！如此看来，除了女子在职业上要有一种自立的能力，便没有法子保障她们自己的地位。她们既然放弃了家庭的地位，跑到社会上又没找到旁的地位，这岂不要悬在空气里吹风吗？

要有职业上的自立能力，不能不有待于教育的养成。但除了教学及美国人在中国办的看护班与图书馆班，养成几个有职业能力的女子外，中国的女子教育办了这些年，似乎未曾注意到这上头。教女子学些与男子一模一样的学问，而毕业后却没有机会与男子做一模一样的事，让她们放弃了家庭，社会上却又没有地位来替代，岂不是“贼夫人之子”吗？其实女子在高小毕业后，或者再理想点，说初中罢，除了少数有财力与能力入普通高中以便升入大学外，为其余的计，应当多办女子职业学校——正牌的职业学校（有名无实之职业学校不如不办）。不但如家事、刺绣、缝纫可为专科，而蚕业、产科、护士、师范，以至图书馆、商业、医学等皆可作为专修。女子有了职业上的能力，经济独立，纵使出家，也不至由“处女”变为“流女”了。

归纳起来，有以下两个结论：

（一）我们要把人生服务的道理看清楚。只能对于人类生活的需要上有所贡献，无论是担粪扫土，或是挽水洗衣，也无论是男子做或是女子做，都是人生最正当的工作。反之，终日暖衣饱食，无所事事，你高谈男女平等也好，低谈恋爱自由也好，无论在男子或在女子，都是寄生，都是人类的废物。所以，在社会的演化上，家庭若仍是社会的重要单位时，则家庭总要有人管理，无论是由男子或女子担任。不然便谈不到社会的秩序与发展。在儿童未能公育以前，对于教养儿童最神圣的责任，总要有人担负。对于担负此责者，无论是女子或是男子，我们当尽其十二分的礼敬与佩服。因为这是社会的生命所寄托，人类的进化所发源。然则女子正不必以作贤妻良母为耻辱，也正如当官吏商贾本不是男子的荣耀，一样浅近的道理。

（二）女子不愿担任家务及教育儿童者，必须有其他职业上的预备，其有财力与能力者，当然要与男子无分别地入大学，以求将来对于学理或政治上的贡献，但不能先存靠此吃饭的思想（男子也是一样）。其不能或不愿入大学者，在高小或初中毕业后，则正不妨学习家事或其他与自己相宜之职业。当然国家必须有此等适应社会需要之教育，而女子职业指导及介绍，更为不可少之设备。如此则无论女子在家庭中或社会上，皆能有她们对于人生需要上的贡献，因而也自然有她们自主的地位。不必讲平等，而平等是自然的结果；

不必要自由，而自由是她们能力的取得品，证券是在自己手里，任何男子也抢不去。

现行婚制之错误与男女关系之将来

许地山

绪论

男女关系除掉婚姻或两性以外可以说没有特殊的关系。在人类学上，女婿对于妻党妇女，或妇人对于夫党男子的关系都可单独地提出来做个研究的材料；但在社会实际的生活上，这种亲戚的关系，早已与一般友朋的情谊一样，不具两性的成分在里头。我们平常所谓“友谊”，在现在男女交际生活中可以说是没有。这种“友谊”只在男子与男子或女子与女子间存在；至于异性的交情迥不是我们所谓“友谊”，因为它常是显出不均衡或不适中（不正当）的状态。朋友间的关系，可以说都是“彼此彼此”，决不会有偏爱或恋爱的事情。偏爱或一方面的情谊，只是认识，还谈不上“友谊”，恋爱又是超过友谊的情谊，所以也不是“友谊”。同性间的交情若不适中就绝了交，若在适中的境地也不会发生“结合”的念头。至于异性的交情就不是这样，在两情均等的时候总有发生婚姻的倾向。所以婚姻制度是一切男女关系的关键。

男女的关系既然被挤到婚姻的犄角上头，所以我们讨论的焦点不能离开它。不幸婚姻问题是很复杂的，它与社会制度风俗习惯等等都有连带的关系。假使男女一相恋爱便直白地可以同过结婚的生活，两性的关系就不致于发生问题。假使结婚与家庭生活是两桩事体，两性间的关系也不致于这么重要。假使家庭的建立与经济制度没有关系，婚姻也不致于那么可怕，可厌。我们目前对男女关系等等的困难就是在这些连带的关系上头。

在初民时代，社会生活便是家庭生活，后来私产制度渐渐发展，于是强把一个完整的人间生活分为很多类别的或阶级的生活。要结婚便须有家庭也是强分出来类别的生活之一种。我们要结婚，因为我们的社会已经有了“家庭”这样东西。家庭的形式与婚姻的制度都是从社会传下来的成法而定。于此我们对婚姻的根据就分为两种：一是介绍婚，二是相择婚。

前者是结婚人因服从风俗习惯或社会的成法，而放弃或丧失他们自己的选择权利。后者虽仍服从社会的习惯与成法，但认为个人的选择或自由恋爱为结婚的根本条件而已。介绍婚的发生大约是由于王公大夫之流，他们的能力，地位，与财产，一方面使他们藐视相择；一方面使他们要求“门当户对”的女子来做妻室。在往古时候，门当户对的男女自然不能多有相见的机会，故必有“父母之命，媒妁之言”以为介绍。相择婚大约是从齐民做开，且合乎自然的法则。他们的结婚生活与他们的财产地位，不发生重要的关系；加以相见的机会多，故男子可以“不告而娶”。这两种婚制在中国古代都已并行地施行，不过齐民每喜模仿贵族，后来相沿而成风俗，所以我们每觉得介绍婚比相择婚更为普遍。

婚姻的发生，每与财产有密切的关系。我们简直可以说婚姻制度是随着经济制度转移的。一夫多妻，一夫一妻，及其他一切的婚姻形式都是由于经济的情形所规定，道德问题只在这种情形之下勉强发生出来的。现在我们觉得最合理而最流行的理想便是所谓一夫一妇制。但这种制度已经显出破裂的现象。加以它的自身从成为一种制度以后便有两种障碍，使它不能成为一种很美满的制度。这两种障碍便是卖淫与纳妾。娼妓是父系制度下的产品，也是女子被男子课以贞操的代价。侍妾的存在虽由于男子经济的充裕，但从一夫一妇制下人因为地位，名誉等等原故，失掉他们的恋爱自由。道德的要求与责任对于这两种障碍虽然是有，究竟不能把它们销除净尽。

一夫一妻制在现在的情形底下，既然不能成为一种很美满的制度，那么，我们当要进一步去求它所以不能的原因；或是探求它的错误在什么地方；或是再求另一个制度来替代它或解决它。我以为欧洲因为一夫一妻制下的家庭的破坏，然后产出所谓资本主义。家庭生活是农本时代最重要的特征。农人因为种植必得居处有定，家庭的产生就是在这一点上。商本时代，人们生活的状态是不安定的，愈不安定则对于财产或供给生活的材料愈用工夫去积聚，结果不能不分了用在家庭生活的精神去制造资本。工业在这个情形底下发达了，可是家庭的生活愈破碎不堪了。从这样的情形观察下去，将来的结婚形式定会从一夫一妇制变而为“无夫无妇制”。我大胆地创出这个名词，因为我要表明我的意思并不是“公妻主义”或“公夫主义”，乃是一种超越了夫妇间的契约及束缚，销除了夫妇的名义仍可以保持家庭生活，共同担负养育子女的理想。要建立这种理想的制度，当先指出现行婚制的错误，再行述说将来男女关系趋于完美的可能性。

一、现行婚制错误的根源

现行婚制底下虽然还有愉快的家庭生活显现于少数人当中，可是受它的约束和苦痛的比较地多。在女子方面，他们所受结婚生活的苦恼又比男子为多。那么我们应当把现行婚制的病理找出来，然后可以对症下药。从我们的常识里，个个都知道的，至少有下列四样的错误。

甲，因昧于婚姻的本谊而生多妻的倾向

结婚的事情本来是为种族的延续而生的；至于人类结婚的形式和根据，我们应当从动物学与生物学那方面看。现在就分开来说：

（子）从动物学中所给动物配合的现象可以说明人类婚姻的形式是错误的。从前有些哲学家以为常人的天性多倾向着多妻的，女子的天性却是一夫的。我们从动物学的研究，知道有些类人猿类虽是多妻主义者，但其中也有不少是一夫一妻的。鸟类除了公鸡等是特例以外，几乎全是一夫一妻的。海狮与红鹿却是多妻的，它们甚且为牝兽争斗得很厉害。人类的本性虽不是一夫多妻的，然而一夫一妻制也不是自有人类以来就有的。有这种制度的时候社会组织已经发展到较高的程度了。德国的历史哲学家西勒格尔（Schlgel）以为多妻与纳妾的事，原始社会的人看它是一桩不自然的事情。男子因为身体上的超越，容易获得生活上必需的品物，渐次就把经济的权力扩大了。女子不能与男子抗衡的原因是在这里，男子多妻的原因也在这里。因为多妻主义的发生，我们都知道从男子经济的充裕而来的。若是我们能够想出一个方法去限制男子经济的权力过度地发展，或是把他们所有的均分给女子，那多妻，娼妓，等等问题就可以解决过半了。

（丑）从生物学中所给生物的现象可以证明人类结婚的根据是错误的。在现行婚制之下，虽有许多是根据于男女相择而结婚的，但多半是男子选择女子。这是违背生物学的原则的。男子或雄性生物在生物界上的地位并不如雌的的重要。凡原始的细胞都是雌性的卵，雄性细胞不过是生物进化到较为复杂的时候才产生出来帮助雌性细胞的繁殖。男子在自然界的地位本是为帮助女子的生殖，故从理论上说，女子应当有绝对的权利自由地去选择她的配偶。可是在社会上不但女子没有这样的权利，她的结婚命运并且多是由于第一个看中她的男子而定的。进一步说，人类的结婚越是近代越离开生物学上所谓结婚的本谊很远，因为他们并没有拿种族的繁殖与康健当做一桩根本重要的事情，只求夫妇间的愉快生活。我以为这就是一个根本的错误。

乙，在今日的经济制度底下很难找到真正的恋爱

第二点的错误，我以为是过度地鼓吹自由恋爱的结婚。其实无论是谁，在无论什么生活上头都免不了要受经济的支配，恋爱生活也是如此。我们可以说在结婚的生活上，男女都有他们的“市价”。这种“市价”的贵贱，也有涨跌的时候，它的标准是依着个人的地位，人品，学识，财产，容貌，等等，而定的。平常一个女子想要和一个男子结婚很少不同时想到他的地位学识，财产的，故男子只有财产只有学问，及所处的地位愈高，愈容易得到女子的爱。然而这样的男子不一定要求女子的恋爱然后可以结婚，因为现行的婚制是偏重男子的选择。至于一个男子想要和一个女子结婚，在打定主意以前，她的容貌是估价的第一步。女子的学问与财产在男子眼中却不十分重要。女子的地位，学问越高必不如她有一副美丽的容貌那么容易找得男子。总而言之，男子正与女子相反：男子越有地位和学问，越容易娶，女子若是这样，就越没有机会出嫁。这并不是男女的地位学问相同而市价不一，乃因男子有学问，有地位的比女子多，一多了，虽贵犹贱，女子比较地少，少了就贵上加贵，乃至没人敢向她请求。一个男子要娶妻子，第一个条件并不是像文学家所描写那种恋爱的理想或心境，他的算盘只先打在对于对方的市价上头，看他能够应付不能。女子多是“待价而沽”的；男子的地位，财产，有时是品行或学问，是她们看为付价的资财。故从一般的婚姻内幕看起来，现在所谓文明的结婚正是买卖婚哪。

丙，所谓恋爱结婚也是不对的

恋爱不过是两性生活上一种作用，并非组织家庭的唯一目的。无论是谁，决不会和一个性情决不相投的人同住在一处，朋友间是如此，夫妇间更是如此。性情相投的结婚是最美满最理想的。不过我们一研究今日所谓“恋爱”，和观察一般人的恋爱行为，便觉得不一定是性情相投，因为恋爱的发生多半是从应付上头所说的市价而来的。性情不相投的男女也可以“做成”恋爱，英语所谓：“making love”的“making”正合我所谓“做成”的意思。这样的恋爱可以名之为“拟恋爱”，因为它并不是真正出于男女间性情的相投，乃是在一种必要的境遇底下发生的。拟恋爱的结婚，若男女间的理想在婚后不能与实际符合时，常会生出恶果来。虽然其中有许多因种种关系仍旧不能离异，勉强同过没趣的生活，后来习惯成了自然，也可以凑合下去；却也有不少登了悲剧或惨剧的舞台。纯粹的恋爱呢？我说也不一定是性情相投。有许多男女偏要向性格品行相差极远的人甚至身有废疾的人去表示恋爱，所谓超乎一切利害关系的恋爱，就是我所谓“纯恋爱”。假使一个极有能干，能为社会造福的女人因爱上一个有痨病的男子就嫁给他，我们以为怎样？假使一个法官因为爱上一个女重犯，用他的地位职权救了她然后与她结婚，我们以为怎样？纯恋爱只见到两个人的生活与愉快，不管社会所受的影响如何。拟恋爱只先计个人的利益或愉快，也没把结婚在社会的生存上的意义放在眼里。总而言之，恋爱婚的极则，只是满足两人的愉快欲望，而愉快的要求，每使他们忽视一切的责任。况且这种欲望偶一成为习惯，便要不歇地要求，到不能满足时，不幸的事情就免不了要发生出来。比如某男子爱上某女子，在结婚的初年非常相恋，他们很过了些愉快的生活。不幸过了几年，妻子已成为几个儿女的母亲，男子因为她色衰对于她的情爱也就减少了。他们的结合本是因为恋爱彼此的容貌发生的，男子以为能使他愉快能值得他爱的是妻子的颜色，一旦她的色衰了，要使他不去另外找一个女人来满足他愉快的欲望，是很难办得到的。所以恋爱婚的夫妇一方面要尽量求快乐，一方面尽量地去节制生育。他们裁制生育的目的并不一定是人口问题或优生问题，只是愉快问题，怕子儿分了夫妇间的情爱而已。这样早已辜负了他们对于社会无上的天职，也丢了结婚的根本意义。拟恋爱的婚姻还可以勉强凑合，因为它的起点还不离开计度利害关系，这个很易使彼此间进前一步，为社会的利益计算，故谬误的程度还浅。至于纯恋爱的结婚，小说家也许可以把它描写得很美满，在实际的生活上未必都是有利益。我们要跟着人家鼓吹恋爱结婚，总要看出它靠不住的地方，还要把“恋爱是一种作用，不是目的”这一点看明白。可惜现在的男女不理会到这一层！

丁，夫妇终身相处的限制也不对

家庭是社会组织的基本单位，能够保持得越久自然是越好。但是在现行婚制下的夫妇关系乃是根于一种不平等的契约而成的。女子在现行婚制底下比较地吃亏一点。她自来就没脱离了“从一而终”的束缚。就是男子离弃了她的时候，她的地位和名誉，甚至财产也不能得着与男子一样有相当的保证。我承认凡离婚都是出于不得已的。在这不得已的光景底下，如婚后的实际生活不能如婚前的期望，或婚后彼此的爱情冷却，都可以做破坏家庭组织的媒介。在性的关系上，男女都是教育有余而训练不足的，这训练不足的缺点，尤其是在女子方面更为显然。得性的经验的机会，女子自然比男子少些。于此，我们觉得有许多人是因为好奇或尝试而结婚的。社会不能因为男女要学习怎样做好匹偶的原故就用终身相守的绳来束缚他们。社会应当承认男女结婚后数年间是一个“试婚期”，在那期间中，彼此可以自由离异。不过社会因为对于离婚男女所生的子女还没有相当的安置，故在试婚期中的夫妇应当尽力避免生育的事。至于婚后，夫或妇发生恶疾或废疾，乃至道德的病害，两方愿意离异时，社会也不能以此为不义。因为家庭是为健全的男女而有的，不健全的男女应当丧失了结婚的权利，也不必担负组织家庭的义务。故终身相守的法则表面上似乎是女子的保障，其实是家庭幸福的羁勒。

总而言之，现行婚制的错误都是从男子对于女子等等不平等的待遇而起。在婚姻上，女子几乎完全丧失她的选择权利。她的命运只看男子对于她的态度的爱憎而定，这是很违反生物的原则的。结婚应当以女子的选择为中心。但要做到这一步，非提高女子的地位和发展她的能力不可。

所谓“提高”，并不是在样样事情上男女都一样地做，男女的身体与性情，天然就是为分工而生出许多差别，如果将来的事业忽略了性的差别，从种族的延续上和社会永久的生存上看，可以说不是好的进化。男子所能做的许多工作，如外科医生，法官，筋力劳动等，都不是一般的女子所能做的。

我以为人类社会应当提高尊重母性母职的心。无论在什么境地女子应当被人尊重。女子也当养成一种自尊自觉的心，不要随便跟着人家嚷我也要做男子所做的事。要知道，女子就是女子，纵然她能获得男子所有一切的地位与工作，她仍不能丢了她的无上天职。女子的地位并不能因为获得与男子一样而高，有时反丢了她的尊严。要使女子的地位与男子平等，就是男子应当以女子待遇女子，尊敬女子，女子也应当看她的天职是超过男子一切工作和地位之上的。印度《摩奴法典》里说：

> 那里的女人是被崇敬的，
> 住在那里的诸天就喜悦了。
> 那里的女人是不被崇敬的，
> 一切的行为都没有效果了。

所以崇敬女人是一切功德之母，社会的生存，人间的活动，要达到完善的地步，都得从这一点做起。

二、男女关系的将来

现行婚制的出发点既然有了上头所述的错误，那么，我们应当进一步去求矫正的路程。在历史上，男女的关系只有爱，妒，憎，并没有真正的友谊，只有浪漫的交谊而已。但这并不是不可免的，要废除了现行婚制等等的束缚，然后男女彼此才有真正的了解，而成为挚友。女子与财产在过去与现在几乎是分不开的事实。女子在现在的社会实际是一种活动的财产。黄女士嫁给张先生，立刻就要在她的姓名上加个张字。这与张先生买了一本书，立刻写上张某某三字在书皮上有什么分别呢？女子在这一点上也自没曾看得清楚，她总以为男子地位的不平等都是从经济问题发生的。故她以为女权运动或男女关系重新的估定当先解决妇女的职业问题。职业的获得便是经济的独立。女子要经济独立然后男女有平等的关系，这话似乎很对，但家庭的破坏必因此而更甚。我们如不信家庭在将来的社会有存在的价值便罢，不然，就应当想方法去补救现代女子为职业发狂的趋势。凡有职业的女子，多半不宜于家庭生活，这个结果，必会生出人种衰灭的恐慌。所以我们要找出一个挽救的方法，当先明白男女的意义。

甲，男女的意义

在职业上，女子与男子有同样的重要。男子可以当教员，女子也可以当教员，在职业上，简直不能区别男女。人类要延续他的生命就得为衣食住筹备材料，无论是男女都应当自己为自己计度。但男女之所以为男女乃是在生殖机能的区别。男子有了职业，同时没有丢了他为父的天职；女子有了职业，如同时不会丢了她为母的天职，就没有问题了。不幸有职业的女子，多半不能履行我们为母的职能，纵然能够，也是很不完全的。加以女子在职业上并不能与男子抗衡，她们的劳资的标准与男子不同，是因着她们的容貌而定的。故女子虽有了职业，仍不能得着真正的解放，甚至反受经济的压迫。

从生物的观点看来，男女的能力，根本上似乎已被自然分配好的。男女都是生产者，不过男子的机能是倾向于“延命的生产”，女子是倾向于“延种的生产”的。所谓“延命的生产”就是男子因着天赋生理上的优越，宜于做等等延续生命的工作如种种资生的材料的搜集与预备，都是男子分内的事。所谓“延种的生产”，就是女子因着天赋的特能，为种族的延续上，应安稳地，不费力地得着充裕的供给，使她能够产生更优越的民族。我们看明男女的意义，便知延命的生产，即一般的职业，在女子是不要紧的，她如去干，就是在自己的工作上要兼任男子的事情。兼职的事，少有两样都成功的。将来的男女，若是仍然要在家庭的组织上同工，社会应当依着男女生活的需要给他们的工资。女子尽可以用全副精神去做延种的工作。那就是她最神圣的职业。我们简直可以说，男子最神圣的是劳动，女子最神圣的是生育。读者不要误会作者以为女子都是“生产子儿的机器”，女子不定个个有履行她最神圣的职业的权利和机会，和男子一样，不能专为职业而生存。

女子最神圣的职业既然是在延种的生产上，那么，她对于这方面应当受特殊的教育，应当有特殊的学识。我以为优生学，卫生学，家政学，等，应当作为女子必修的学科。将来的人种是靠着她们改良的。我盼望现代的女子认定了这一点。

乙，结婚

结婚可以分生理与社会两方面讲。

一、生理方面 现在的教育制度，并未注意到男女可婚的年龄，这是极大的错误。这个错误，在女子教育方面尤其显著。因为女子可婚的年龄是在二十五六左右，大学教育的年限已经把她的春光销磨尽了。受高等教育的女子很不容易嫁，是一种普遍的事实。男子的个性在二十五六以下还不十分固定在“可塑性”的时期，在这时期，最宜于男女的婚配。这两个可塑性的结合，便是我所谓“性情相投”。性情既然相投，然后进一步去讲恋爱，则对于将来夫妇的共同生活自然会得着许多利益。夫妇共同事业所得好效果的事实很多，都是由于性情相投而来的。个人性格中的“可塑性”一经丢了，两个不同性格的男女就很不容易合成一个，夫妇间种种冲突多半由此而起。男女如在宜婚期内不能得着相当的伴侣，可算是一生的不幸事。女子若丢了这个时期，到了年长色衰，个性表现得越发明显的时候，越发不宜于婚姻的生活。

男女不一定都要过家庭的生活，不过这种人不能看做人生的常态。多数的哲学家及科学家常缺乏结婚的欲望，如康德，斯宾诺沙，叔本华，尼采，斯宾塞，等是。但这种人不是常见的。女子不结婚的原故，多半是怕生育，怕贫乏，怕见弃，她们的“独身主义”其实是一种不得已的事情。如果社会能给女子精神与物质上的保障，在合宜的机会间，她们必要看这事是人生不能免的责任，乐意去结婚。将来男女的配合若不本着优生学的原则去做是不行的。所以男女在这一点上应当先行自己忖度或求医生指导，然后施行。

二、社会方面 女子的结婚常与她的职业发生密切的关系，二者于她似乎是不能并立的。这个原故是因为家庭便是一个小商店，结婚的女子便是这商店的总经理，她要计画全家的利益，所以不能再行兼别样的职业。家庭的组织，我以为城市与乡村应当不一样。城市的娱乐机会多，工作也多能节省劳力；乡村则不然，甚至洗衣，煮饭，都要主母亲手去做的。男子要聘请他的家庭经理，自然要如其他职业一样，付给主母的工资。所以我以为“妻”在物质的生活上的地位，应当被看为一种职业。男子要结婚时应当因着城市与乡村的区别先行计画娱乐，日用饮食，等等的需要，然后礼聘他所爱的女人。这样办法，可以使女子在经济上及职业上得着相当的保障。社会更应当鼓励女子生产强健及有智慧的子女。如能延好种族的父母，社会要加以相当的崇敬，他们的子女，于必要时可以由公家资助培养。其有生理上或道德上的病害的，依其等第，不但要裁制或解除他们的生产的义务，并且要否认他们结婚的权利。

结论

女子在现行婚制底下，真性情被压郁得不少。我们很容易看出女子虚伪的行为，她在性的生活上不是迎合男子，便是掩藏自己的性格。但她们是出于不得已的，男子很容易在几分钟里头，给女子的性格下一个定论，她们自不得不顾虑到，所以她们在男子面前不轻易把真性情布露出来。我信将来一定不会有这样的事。

再如结婚的目的应当被看为男女关系的焦点。男女的结婚，大别起来，可以分为三种的欲望：一是繁殖欲，二是情爱欲，三是淫亵欲。根于淫亵欲的结婚自然不能看做正当，然则所谓由于恋爱的结合也不是婚姻的正轨。婚姻仍然回到我们中国的老理想，是当以生育子女为前提的。男女对于将来的社会要负传续优越种族的责任，如他们没看到这一点，或不注意这事，就是他们放弃或误解了男女的意义和关系。男女的配合，在个人的选择外，还要加一次“社会的选择”；就是说，社会应当鼓励宜于结婚的人去过结婚的生活。婚姻的顾问与检查是公众应当办的。

这篇简短的讲稿，很不能把我当日的讲话和心里的意思完全写出来。我自己承认所说都是人人知道的，所以多写也没有什么裨益。不过我是个作用论者，对于男女将来的关系，不能说有什么新的理想，只能在现在的情形上求一种满足的处置罢了。我谢谢章进、茅善昌、吴高梓诸先生把我的演词记录起来，这篇是从他们的记录中删节出来的。

出版说明

早期作品中，保留原作惯用字、通假字和标点用法，如“计画”“起原”“豫料”“执著”“寒伧”等，一仍其旧；尚不规范的“的”“得”“地”“底”“著”等特殊用法，则按现代汉语规范径改；翻译的人名、地名，均保留原译法。

不同作家对于不同字词的使用习惯，在本书中不强求统一，仅保持局部（限于一篇）一致。

图书在版编目（CIP）数据

他们笔下的她们 / 徐志摩等著 .— 成都：四川文艺出版社，2024.4
ISBN 978-7-5411-6913-7

Ⅰ. ①他… Ⅱ. ①徐… Ⅲ. ①散文集－中国－现代 ②散文集－中国－当代 Ⅳ. ① I266

中国国家版本馆 CIP 数据核字（2024）第 052469 号

TAMEN BIXIA DE TAMEN

他们笔下的她们

徐志摩　王开岭　林海音等 著

出品人　谭清洁
特约策划　千蔚文
责任编辑　路　嵩
封面设计　WONDERLAND Book design 仙境 QQ:344581934
内文设计　东合社
责任校对　蓝　海
责任印制　崔　娜

出版发行　四川文艺出版社（成都市锦江区三色路238号）
网　　址　www.scwys.com
电　　话　028-86361802（发行部）　028-86361781（编辑部）

邮购地址　成都市锦江区三色路238号四川文艺出版社邮购部　610023
印　　刷　成都东江印务有限公司
成品尺寸　145mm × 210mm　　开　　本　32开
印　　张　8　　字　　数　140千
版　　次　2024年4月第一版　　印　　次　2024年4月第一次印刷
书　　号　ISBN 978-7-5411-6913-7
定　　价　46.00 元